LES TROIS LAMES

Catalogage avant publication de Bibliothèque et Archives nationales du Québec et Bibliothèque et Archives Canada

Chabin, Laurent, 1957-

Les trois lames

(Collection Atout; 133)
Pour les jeunes de 12 ans et plus.

ISBN 978-2-89647-447-9

I. Titre. II. Collection: Atout; 133.

PS8555.H17T76 2011   jC843'.54   C2011-940149-5
PS9555.H17T76 2011

Les Éditions Hurtubise bénéficient du soutien financier des institutions suivantes pour leurs activités d'édition:

– Conseil des Arts du Canada;
– Gouvernement du Canada par l'entremise du Fonds du livre du Canada (FLC);
– Société de développement des entreprises culturelles du Québec (SODEC);
– Gouvernement du Québec par l'entremise du programme de crédit d'impôt pour l'édition de livres.

Éditrice jeunesse: Pascale Morin
Conception graphique: www.figcommunication.com
Illustration de la couverture: Julie Larocque
Mise en page: Martel en-tête

Copyright © 2011, Éditions Hurtubise inc.

ISBN 978-2-89647-447-9 (version imprimée)
ISBN 978-2-89647-546-9 (version numérique)

Dépôt légal: 1er trimestre 2011
Bibliothèque et Archives nationales du Québec
Bibliothèque et Archives Canada

Diffusion-distribution au Canada: Diffusion-distribution en Europe:
Distribution HMH   Librairie du Québec/DNM
1815, avenue De Lorimier   30, rue Gay-Lussac
Montréal (Québec) H2K 3W6   75005 Paris FRANCE
www.distributionhmh.com   www.librairieduquebec.fr

Imprimé au Canada
www.editionshurtubise.com

LAURENT CHABIN

LES TROIS LAMES

LAURENT CHABIN

Après la France, l'Espagne et l'Ouest cana-
dien, Laurent Chabin a choisi de venir vivre
au Québec. Il réside actuellement à Montréal.

Auteur de quelque soixante-dix romans,
tant pour les jeunes que pour les adultes, il
est aussi traducteur.

Lorsqu'il n'écrit pas, il donne dans les
écoles primaires et secondaires des ateliers
littéraires sur le roman policier, ses secrets et
ses techniques.

1

PREMIER CADAVRE

Georges n'était pas mon ami.

Il n'était l'ami de personne, d'ailleurs. Il n'empêche que sa mort a provoqué un véritable choc à l'école. Tout le monde en parle à voix basse. Les imaginations s'enflamment, les commentaires vont bon train, les rumeurs aussi…

On a retrouvé son cadavre hier en fin d'après-midi, dans l'eau souillée du canal de Lachine. Ce sont des promeneurs, traversant la passerelle de l'écluse de Saint-Henri, qui ont signalé sa présence à la police.

Ils ont eu du mal à y croire, au premier coup d'œil. Un objet oblong qu'ils distinguaient à peine au fond du sas, près de la porte aval de l'écluse. Le niveau d'eau n'était pas très élevé et la forme inhabituelle avait attiré leur attention. Puis ils ont dû se rendre à l'évidence : c'était un cadavre qui se trouvait là, dans sa tombe liquide.

Lorsque les pompiers l'ont retiré de l'eau, ils ont constaté que le jeune garçon était solidement relié, par une corde attachée autour du cou, à une grosse pièce de métal. Celle-ci provenait sans doute de l'usine désaffectée toute proche. On parle de suicide, mais…

Je me demande avec horreur quelle aurait été ma réaction si j'avais effectué moi-même cette macabre découverte. Georges gisait-il face en haut ou bien, au contraire, le visage dirigé vers le fond boueux, tournant une dernière fois le dos au monde ?

Je ne peux réprimer un frisson. Le canal de Lachine, soudain, me dégoûte. Et plus particulièrement ses écluses.

Je passe souvent sur celle-ci, pourtant. Elle fait partie de mon circuit habituel lorsque je vais me promener le long de la piste cyclable. Les soirs d'été, je m'y arrête souvent pour profiter de la musique des concerts donnés à la *Terrasse Saint-Ambroise*.

Ces temps-ci, pas de concerts, hélas. Le printemps est à peine commencé et l'eau des biefs est noire, sale, recouverte de feuilles pourries et d'ordures qui ont passé l'hiver prises dans la glace. Le printemps, ici, se signale en premier lieu par l'odeur de putréfaction dégagée par les immondices enfin libérées par le dégel…

Mais l'odeur de mort, cette fois, ne provient pas des feuilles en décomposition : elle émane du corps d'un adolescent noyé.

Ça faisait deux jours que Georges ne s'était pas montré à l'école. Depuis lundi, en fait, et nous sommes aujourd'hui mercredi. Personne ne s'en était inquiété parce que ça lui arrivait souvent. Sauf Jo.

Mais Jo s'inquiète de tout et de rien, et plus personne ne fait attention à lui depuis longtemps.

Georges était le type même du garçon tellement mal à l'aise que, malgré les meilleures intentions de ceux qui essayaient de l'approcher, il demeurait seul la plupart du temps. Son mutisme obstiné et son air de chien battu rebutaient les plus sociables d'entre nous. J'ai beau être assez portée à la compassion, il avait réussi à me décourager moi aussi.

Même Jo, autre rêveur impénitent, n'arrivait guère à le faire sortir de cette torpeur triste que nous lui connaissions tous.

Je les apercevais quelquefois assis tous les deux sur un banc près du métro Place-Saint-Henri, ou sur les marches d'un immeuble de la rue Saint-Jacques, regardant le bout de leurs chaussures d'un air morne. Ni l'un ni l'autre ne parlait.

Jo lui passait parfois des livres – dont il fait lui-même une énorme consommation –, mais Georges les lisait rarement jusqu'au bout, à mon avis. Seule exception, les romans d'horreur. À condition qu'ils soient assez saignants. Déplorable…

Depuis quelques semaines, Georges ne parlait plus du tout et était souvent absent. Il vivait en bordure de Verdun, juste de l'autre côté du canal, dans la zone semi-industrielle, mais nul ne savait où avec exactitude. Je l'ai déjà dit, il ne se mêlait généralement pas aux autres et il restait discret, pour ne pas dire énigmatique, sur tout ce qui le concernait en propre.

Curieusement, toutefois, ses seuls élans – si on peut parler d'élan à propos de la manière accablée qu'il avait de traîner les pieds comme s'il avait été chaussé de plomb – le portaient vers le Trio n° 4. Contre toute attente, il se mettait parfois à en suivre les membres de son allure fatiguée.

C'était incompréhensible. Comment pouvait-il espérer de ces trois garçons, qui ne rêvent que boxe, Nike et voitures sportives, autre chose que du mépris et des rebuffades ?

Ce n'est pourtant que dans ces moments-là que Georges semblait enfin vivre : lorsque Jean-Baptiste, Étienne ou Toni – le fameux

Trio – feignaient de s'intéresser à lui. Les trois garçons étaient capables de lui faire faire n'importe quoi et Georges avait souvent eu des ennuis à cause d'eux.

Ils l'obligeaient à voler des articles quelconques chez un dépanneur, parfois même de la bière, et Georges, qu'on aurait pourtant cru l'honnêteté personnifiée, s'acquittait de l'exploit avec succès. Sans doute son air angélique, je dirais presque «transparent», y était-il pour quelque chose. Il avait l'air d'un enfant naïf et n'inspirait aucune méfiance.

Georges était-il dupe de cette attitude du Trio envers lui? Je n'en sais rien, mais j'avais déjà dit à Toni combien je trouvais ces jeux stupides. Toni, le beau Toni dont je rêvais tant il y a quelques années…

Il paraissait m'écouter un instant, puis il secouait la tête avec un ricanement et répliquait:

— Écoute, Sara, il aime ça, Georges. Il en redemande. Tu ne vois pas que ça l'amuse?

— Ça ne l'amuse pas! Il le fait parce qu'il espère gagner votre amitié. Il ne se rend pas compte que vous vous moquez de lui! Laissez-le donc tranquille. Quel plaisir trouves-tu à harceler un garçon qui t'arrive à l'épaule et ne fait pas la moitié de ton poids. Tu trouves ça brillant?

Toni avait l'air un peu gêné, mais il se reprenait très vite et répondait d'un ton agacé :

— Alors dis-lui d'arrêter de nous coller comme ça, Sara. On n'en veut pas, de cette larve. C'est un *looser*. On lui rend service, dans le fond. On lui apprend à vivre.

Georges n'a pas appris à vivre. Il n'aurait pas pu avoir une fin plus pitoyable. Les poumons pleins d'eau froide et puante dans le bief d'un canal. Comme une bête crevée.

Looser ou pas, Georges avait le droit de vivre.

Il n'a plus aucun droit à présent.

Le cas n'est sans doute pas réglé pour autant. On ne se suicide pas sans raison. Certains parlent déjà d'affaire criminelle. Je crains qu'on ne voie beaucoup de policiers à l'école dans les jours qui viennent.

2

LE TRIO N° 4

Je me sens vraiment mal à l'aise, en tout cas. Pas coupable, non, ce n'est pas ça. Mais je me demande si, d'une manière ou d'une autre, j'aurais pu empêcher cette catastrophe. Georges ne m'écoutait pas plus que les autres, mais si j'avais été un peu plus attentive, un peu plus persuasive, peut-être cette tragédie ne serait-elle pas arrivée.

Georges n'avait plus le moindre goût pour une existence qui n'en était pas une. Ignoré par les uns, manipulé sans égards par les autres, il n'avait aucun objectif, aucune perspective, aucun désir de vivre. Tout le monde le savait, mais personne n'a été capable de prévenir son acte.

Il se heurtait chaque jour à un tel mur d'indifférence que j'en suis d'ailleurs venue à me demander si, pour lui, le mépris et les railleries dont il faisait l'objet de la part du Trio n° 4 ne constituaient pas sa seule façon d'exister. Quand Jean-Baptiste, Étienne ou Toni le tourmentaient, au moins il vivait pour quelqu'un…

Je me rends compte à quel point il est horrible de raisonner ainsi et je me garde bien d'exprimer ces pensées à voix haute, d'autant plus que, pour beaucoup d'élèves de l'école, c'est en partie à cause des vexations subies par Georges de la part du Trio que le drame a eu lieu.

Que Jean-Baptiste ou Étienne aient à encourir l'hostilité de tous les jeunes du quartier ne me gêne pas. Ce sont deux têtes brûlées et je sais qu'ils finiront mal. Ils sont égoïstes, violents, amoraux. Aussi bêtes que méchants. Irrécupérables. Mais Toni…

Je n'ai jamais compris pourquoi il se tenait avec eux. Il est loin d'être un ange, bien sûr, mais il n'est pas non plus une bête. J'ai longtemps été amoureuse de lui… Il en reste quelque chose – des sentiments confus, sans doute, mais j'ai toujours une certaine estime pour lui. Je ne vois pas ce qu'il gagne à s'acoquiner avec ces deux brutes. Quant à ces surnoms imbéciles dont ils se sont affublés! Ils n'ont donc pas le sens du ridicule?

Entre Smoked Meat (Jean-Baptiste, parce qu'il fume comme une cheminée), Pogo (Étienne, parce qu'il a les jambes longues et une tendance à bedonner) et Mozza (Toni, à cause de l'origine italienne de sa famille), on devine sans peine pourquoi le groupe a été baptisé Trio n° 4: ils ont l'air de sortir de l'affiche des menus du jour de la *Pizzeria Saint-Henri*!

Mais leur morgue en a pris un bon coup. La mort de Georges a causé beaucoup d'émoi et ils affichent profil bas, d'autant plus que l'événement a fait la une du *Journal de Montréal* ce matin. Il n'aura fallu que quelques heures pour que la nouvelle se répande comme une traînée de poudre.

Tout le quartier est en émoi. À l'école, en particulier, on ne parle que de ça. J'ai l'impression de voir des policiers partout. Vont-ils interroger tous les élèves de la classe, tous ceux de l'école? Viendront-ils à la maison?

Jo, de son côté, semble terrorisé. Entre deux cours, j'ai l'impression qu'il cherche à se rapprocher de moi, paraissant quémander une sorte de protection. Tout le monde lui fait peur sauf moi, j'ignore pourquoi. Je suis pratiquement la seule à qui il ose parfois se confier.

Pourtant, aussitôt que j'essaie de rompre la glace et de lui parler de Georges, il fait machine arrière et rentre dans sa coquille comme un escargot qu'on attrape entre deux doigts.

À midi, alors que presque tout le monde a déserté les couloirs pour aller manger à la cafétéria et que je me prépare à m'y rendre à mon tour, je m'aperçois tout à coup, à cause d'un reflet dans une des portes vitrées, que Jo se trouve juste derrière moi.

Cette fois, il faut qu'il me dise ce qu'il a sur le cœur.

— Qu'est-ce que tu veux, Jo ? Tu me suis depuis ce matin comme un petit chien…

L'expression le fait grimacer. Il regarde autour de lui comme si les murs avaient des yeux et des oreilles, puis il se rapproche encore et murmure des phrases incohérentes. Il a l'air paralysé par la peur. Son débit est tellement haché que je saisis à peine la moitié de ce qu'il dit.

Je pose ma main sur son épaule afin de le calmer et je finis par le faire parler. Je comprends enfin ce qui le hante. Il est persuadé qu'on le considère comme un ami de Georges, comme son seul ami plus exactement, et il est terrifié à l'idée que les agents de la police de Montréal viennent l'interroger et le cuisiner jusqu'à le faire avouer.

— Te faire avouer quoi ? je lui demande, incrédule.

— Je ne sais pas, Sara, bredouille-t-il. Que je sais ce qui s'est passé. Que c'est moi l'ai tué, peut-être…

— Calme-toi, Jo. Si la police doit s'intéresser à quelqu'un, ce sera probablement à
Jean-Baptiste, Étienne ou Toni. Leur attitude
envers Georges leur vaudra certainement
quelques questions. Mais toi, pourquoi
t'accuserait-on de quoi que ce soit? Il s'agit
d'un suicide.

— Comment peux-tu en être sûre?

— Ça ne tient pas debout, voyons. Pour
quelle raison lui aurait-on fait ça? Qui aurait
eu intérêt à assassiner un garçon aussi insignifiant que Georges?

Jo transpire à grosses gouttes. Il est incapable de fixer ses yeux quelque part, surtout
pas sur moi. Il jette des regards apeurés à
droite et à gauche, tête baissée. Il avale
péniblement sa salive.

— Peut-être, articule-t-il enfin d'une voix
presque inaudible, peut-être qu'il savait des
choses...

Je secoue la tête.

— Qu'est-ce que tu racontes?

Jo recule d'un pas. Il est livide. On dirait
qu'il regrette d'en avoir trop dit. Je n'ai pas
le temps de l'interroger qu'un bruit de pas
se fait entendre dans mon dos.

Je fais volte-face. Toni vient d'apparaître
à l'angle du couloir. Il se dirige vers nous de
sa démarche assurée.

Je me retourne de nouveau, Jo a déjà disparu.

— Alors, Sara, fait Toni d'une voix moqueuse. On console la veuve et l'orphelin ?

J'ai beau apprécier Toni, mon sang ne fait qu'un tour.

— Tu es infect, Toni. Un garçon de notre classe est mort d'une façon affreuse. Tout le monde est complètement bouleversé. Comment peux-tu plaisanter là-dessus ?

Toni abandonne son sourire.

— OK, admettons que je n'aie rien dit. Mais qu'est-ce qu'il te voulait, Jo ? Il avait une mine de conspirateur.

Je hausse les épaules. D'abord, je ne sais pas ce que Jo souhaitait me dire puisque nous avons été interrompus ; ensuite, ce qu'il semblait presque sur le point de me confier avait l'air grave et contenait peut-être des accusations. Enfin, si Jo me fait assez confiance pour me révéler un secret, je ne peux pas ruiner cette confiance avant même qu'il l'ait fait.

— Il ne voulait rien, dis-je d'un ton que je voudrais détaché. Il est secoué par la mort de Georges, c'est tout. Il a besoin d'être rassuré.

Toni émet un grognement. Il ne me croit guère, c'est manifeste.

— Jo vit dans un autre monde, Sara. Le problème, c'est qu'il prend ses rêves pour la réalité. Et il rêve trop. Va savoir ce qu'il est capable d'inventer pour attirer l'attention…

Je ne réponds pas. Quel sens donner à cette remarque?

Toni ne m'a jamais parlé de Jo, qui ne l'intéresse pas le moins du monde. Pourquoi se méfierait-il de lui, tout à coup?

Jo a-t-il raison? Au-delà du simple harcèlement dont Georges était l'objet de la part du Trio n° 4, il y aurait vraiment d'autres activités plus ou moins avouables dans lesquelles Georges était impliqué? Et Jo aurait été au courant?

Bien sûr, il y a eu ces vols que Jean-Baptiste et les autres poussaient Georges à commettre, davantage par jeu que par profit, mais il n'y avait pas là, vu la médiocrité du «butin», de quoi aller jusqu'au crime.

Georges se sentait important, sans doute, lorsqu'il relevait les défis de ses tourmenteurs, mais il n'avait pas conscience que, pour ceux-ci, il ne s'agissait que d'un amusement inconséquent qu'ils s'offraient à ses dépens.

Pourtant, si Toni a pris la peine de me mettre en garde contre la tendance de Jo à la fabulation, c'est peut-être justement parce qu'il craint ce que Jo pourrait avoir à dire. Se sent-il coupable de quelque chose, sous son air faussement désinvolte?

Je regarde Toni droit dans les yeux. Depuis le début du secondaire, il hante mes rêves. Mais il n'a jamais fait attention à moi. Je sais que, pour lui, je ne suis qu'une gamine alors qu'il n'a d'yeux que pour les filles comme celles des magazines, pourvues de seins démesurés et de jambes longues et fines. Est-ce ma faute si je suis petite, maigre et plate comme une pâte à pizza?

Pourtant, il ne me méprise pas. Du moins, il ne m'en a jamais donné l'impression. C'est un peu comme si, pour lui, j'étais une petite sœur. J'en ai longtemps été inconsolable. Ce n'est qu'au début de cette année que j'ai compris que les rêves des gens, loin de leur ouvrir des horizons lumineux, ne leur servent la plupart du temps qu'à accepter leur misère.

En fait, c'est à Jo que je dois cette découverte. J'ai réalisé, en septembre dernier, que Jo était probablement amoureux de moi depuis des années. Sur le coup, j'ai trouvé ça ridicule. À aucun moment je ne l'ai encouragé dans cette voie. Jo n'est pas beau, il est maladroit et il ne sait jamais quoi dire.

Puis je me suis rendu compte que ce sentiment non partagé que Jo éprouvait pour moi était le même que celui que je ressentais, moi, pour Toni. M'est alors venu une sorte de pitié pour lui, et j'ai frémi à l'idée qu'il en était probablement de même pour Toni. Faire pitié, quelle horreur!...

À compter de ce jour, j'ai cessé d'être amoureuse de lui. Ou, du moins, je n'espère plus être payée de retour. Et je me sens davantage son égale, à présent, qu'une petite fille qui rêve encore au prince charmant. J'ai brisé mes rêves avant que ce soit lui qui le fasse.

Toni soutient mon regard. Il hésite un instant, puis il laisse tomber d'un ton sec, avant de s'éloigner à grands pas:

— En tout cas, je ne suis pour rien dans ce qui est arrivé à Georges.

Je n'avais rien suggéré de semblable...

3

LA PREMIÈRE LAME

Je n'ai pas revu Jo. Cet après-midi, il était absent de l'école. Curieux. Ça ne lui ressemble pas… Quant à Toni, il m'a évitée, lui aussi.

Rentrée à la maison, après les cours, je pousse un soupir. Ma mère est devant la télé, comme d'habitude. Elle me remarque à peine. Mon père, cette semaine, travaille le soir et il est déjà parti.

Je vais m'enfermer dans ma chambre pour réfléchir. Pour essayer de mettre de l'ordre dans mes idées, plutôt, car je suis submergée par un tel flot de pensées contradictoires que je ne sais vraiment plus à quoi m'en tenir.

Lorsque j'en ressors pour prendre une barre de chocolat dans la cuisine, ma mère se trouve toujours devant la télé, le téléphone à la main.

Aux nouvelles télévisées du soir, on indique que Georges avait disparu depuis lundi et que sa mère, mardi matin, l'avait signalé à la police. Pourquoi pas le lundi même ? Parce que Georges, selon elle, était coutumier de ces brèves disparitions, mais qu'il rentrait toujours au matin.

Les agents, semble-t-il, n'ont pas pris la chose trop au sérieux. Famille d'immigrants roumains, le père alcoolique et disparu depuis des années, la mère parlant à peine français. La police de Montréal a d'autres chats à fouetter que de s'occuper des familles à problème de Verdun, semble suggérer le journaliste qui rapporte l'affaire.

Georges – jamais je n'ai appris autant de choses sur lui depuis que je le connais! – habitait donc seul avec sa mère, qui survit péniblement en faisant des ménages à Westmount. Il s'est plus ou moins élevé tout seul, la pauvre femme ayant des horaires de fou et rentrant souvent très tard. On ne lui connaissait aucune relation dans son quartier.

Par ailleurs, le frère aîné de Georges – dont j'apprends ainsi l'existence – est revenu à Montréal après une longue absence à l'autre bout du pays, mais il vit dans un autre quartier, non précisé par le journaliste.

La mort de Georges remonte effectivement à lundi soir. Ce dernier a donc passé presque vingt-quatre heures dans l'eau avant d'être découvert. Je réprime un haut-le-cœur.

Ma mère marmonne au téléphone tout en regardant les nouvelles. Puis elle s'interrompt et me demande sans même détourner la tête si je connaissais ce garçon.

Je ne sais pas pourquoi, mais je lui réponds que non, que Georges n'était pas dans ma classe, que je ne sais même pas à quoi il ressemblait. Elle reprend sa conversation sans transition. Je n'existe plus. Je hausse les épaules et retourne dans ma chambre.

L'image de Georges noyé dans le canal m'a poursuivie toute la journée, mais ce sont à présent les insinuations de Jo et de Toni qui m'obsèdent. Celles de Toni, surtout. Je ne l'ai accusé de rien, alors pourquoi a-t-il éprouvé ce besoin de se justifier?

Par ailleurs, la disparition de Jo commence à m'inquiéter. Même s'il n'est pas un élève brillant et qu'il a toujours l'air de dormir les yeux ouverts en classe, il ne manque jamais un cours. Où est-il passé?

Je revois son visage respirant la peur, ce midi dans le couloir. S'est-il sauvé parce qu'il se sentait menacé? Étienne et Toni étaient en classe cet après-midi, mais je ne me souviens pas d'avoir vu Jean-Baptiste. Du coup, je suis inquiète.

Jean-Baptiste est le pire du Trio. Violent et stupide, irréfléchi. Je pense qu'il serait capable de n'importe quoi. Comme d'attacher une corde au cou de quelqu'un avant de le jeter à l'eau…

La panique me prend. Je délire? Peut-être. Mais peut-être pas… Mes pensées se brouillent. Je ne connais pas le numéro de téléphone de Jo mais je sais où il habite. Pas très loin d'ici, à cinq minutes à peine, dans une petite rue, la rue Sainte-Clotilde, presque au coin de Notre-Dame et de Saint-Rémi.

Ma mère est toujours au téléphone, devant la télé qui déverse maintenant un torrent d'âneries larmoyantes sur les malheurs des stars, comme si les gens ne pouvaient pas se contenter de leur propre misère et avaient besoin de se convaincre que celle des riches est pire que la leur.

Elle ne me voit même pas passer dans le salon. Elle s'en fiche, d'ailleurs. Elle est en train de commenter sa dernière séance de coiffure dans un nouveau salon qu'elle a «découvert» cette semaine de l'autre côté de la rue Atwater. Je referme la porte sans bruit.

Il fait déjà frais dehors, mais le soleil couchant inonde encore les façades de brique d'une lumière rouge qui me paraît soudain sinistre. Je me hâte jusqu'au carrefour et j'enfile la rue Sainte-Émilie vers l'ouest.

La rue Sainte-Clotilde n'a l'air ni plus miséreuse ni plus reluisante que les autres rues du quartier – hormis celles qui longent le canal, où ont poussé de grands immeubles à condos qui ont fait exploser les prix de l'immobilier dans le secteur. Jo habite au rez-de-chaussée d'un petit immeuble de brique qui lui ressemble. Insignifiant…

Je sonne. Pas de réponse. Je ne me sens pas à l'aise. Jo a le même profil familial que Georges. Père absent – l'a-t-il seulement jamais connu ? Il a toujours refusé d'en parler –, mère aux prises avec de lourds problèmes d'alcoolisme. Si ça se trouve, elle est à l'intérieur, effondrée sur le canapé sale et miteux, cuvant sa bière…

Elle peut aussi bien y rester qu'entrer dans une colère épouvantable si j'insiste. Si Jo était là, de toute façon, il se serait manifesté. Je repars donc vers la rue Saint-Rémi, une boule dans la gorge.

Je n'ai pas envie de rentrer et de retrouver ma mère. Elle, c'est la télé et le téléphone qui lui servent de bière. Le résultat n'est pas très différent, dans le fond…

Machinalement, je descends la rue Saint-Rémi en direction du canal et, une fois rendue à Saint-Ambroise, mue par je ne sais quelle impulsion, je traverse la rue et m'engage dans l'allée qui conduit à la piste cyclable longeant la berge.

Il commence à faire sombre. À ma droite, la silhouette imposante et sinistre de l'ancienne usine en ruine de Canada Malting. Jo l'appelle le « château hanté » à cause de son allure gothique.

Dans la nuit tombante, de fait, le bâtiment a l'air plutôt inquiétant. Ses hauts silos ressemblent à des tours et les ouvertures béantes et noires ont l'air d'autant de portes ouvertes sur un autre monde.

L'ensemble a subi toutes sortes de dégradations et, il y a quelques années, il a servi de terrain de jeux aux amateurs de sports extrêmes. Même s'il est aujourd'hui interdit d'y pénétrer, c'est un lieu qui attire toujours ceux qui recherchent des sensations fortes.

Je dirige mes pas vers la droite. L'usine jouxte la brasserie McAuslan et la *Terrasse Saint-Ambroise*, qui n'ouvre qu'en mai. En face de la terrasse, l'écluse… Je devrais rebrousser chemin, oublier cet endroit au moins jusqu'à l'été, mais une espèce de curiosité malsaine m'y attire malgré moi.

Ce qui me rassure, c'est que je ne suis pas totalement seule. Même si l'heure est tardive, plusieurs cyclistes circulent encore sur la piste, une des plus belles et des plus longues du coin. Quelques marcheurs également, dont j'entrevois les silhouettes sombres accompagnées de celle de leur chien. Le bord du canal sert de toilette aux chiens du quartier.

Peut-être parce que j'aime bien les chiens, je me dis que ce ne sont ni des voleurs ni des violeurs qui promènent ainsi en laisse leur épagneul ou leur labrador, leur petit sac de plastique à la main. J'ai du mal à imaginer qu'on puisse être animé de mauvaises intentions quand on transporte aussi ostensiblement les crottes de son animal de compagnie dans un sachet à demi transparent…

Des femmes aussi, seules. Avec un caniche ou un teckel. Eux, ils ne vous quittent pas… C'est rassurant. Je continue d'avancer.

Parvenue tout près de l'écluse, je m'immobilise. Là, non, c'est trop. Je ne peux pas aller plus loin. L'impression qu'une odeur de chair décomposée monte de l'eau toute proche…

Je me retourne brusquement et rebrousse chemin d'un pas nerveux. Qu'est-ce qui m'a pris de venir jusqu'ici ? Je suis folle…

Je longe le grillage endommagé qui est censé interdire l'accès à l'ancienne usine quand tout à coup une voix étouffée attire mon attention. Mon cœur se met à battre la chamade. Je m'arrête. Une forme sombre s'agite entre les buissons et les arbustes qui ont envahi le site.

— Sara!…

La voix est faible, mais il me semble la reconnaître. La silhouette, de taille moyenne, émerge lentement de la végétation. Jo.

Jo refuse de s'avancer jusqu'à moi, comme s'il avait peur de s'approcher des cônes de lumière jaune et vacillante dessinés par les lampadaires qui bordent la piste cyclable. Il me fait signe d'approcher.

Je regarde à droite, à gauche. La piste est déserte. Il fait vraiment nuit maintenant. Je quitte le sentier et me dirige vers lui.

Jo a remis les mains dans les poches de son blouson. Lorsque je me trouve tout près de lui, il s'accroupit sur l'herbe. Je l'imite. On ne doit plus nous voir depuis le chemin.

— Jo, qu'est-ce que tu fabriques là?

— Je… je te cherchais.

— Ici? En pleine nuit? Te me prends pour une andouille?

Jo se tortille comme un enfant pris en faute.

— Non, non, Sara. À vrai dire, je t'ai suivie. Je t'ai aperçue sonner à ma porte alors que je rentrais. Je voulais te montrer quelque chose.

— Et tu ne pouvais pas le faire chez toi ? Ou dans la rue ?

Jo pique du nez. Il a vraiment l'air troublé.

— Je ne voulais pas qu'on me voie. Pas avec toi…

Je hausse les épaules. Cette manie du secret… Jo pense-t-il que Toni ou un des autres me surveille ?

— Qu'est-ce que tu voulais me montrer ?

Lentement, tout en se dévissant le cou pour regarder en direction de la piste si quelqu'un ne risque pas de nous surprendre, Jo sort sa main de sa poche et il l'ouvre.

Il fait noir, je distingue mal. Il élève sa main. Un couteau.

— Qu'est-ce que tu fais avec cette arme, Jo ? Crois-tu vraiment pouvoir te défendre avec ça si une brute comme Jean-Baptiste te cherche des ennuis ? Il sait manier ce genre de chose beaucoup mieux que toi. Tu n'en sortirais pas gagnant…

— Non, non, ce n'est pas ça, murmure-t-il. Il n'est pas à moi. Je l'ai trouvé.

— Où ?

— Là-bas, fait-il en tendant l'autre bras en direction de l'écluse.

— Je ne comprends pas. Tu veux dire près de…

— Oui, tout près de l'endroit où on a découvert Georges.

— Quand ?

— Lundi soir.

— Mais alors tu as vu…

— Non, il faisait trop noir. J'ai aperçu un objet brillant sur le bord du quai et je l'ai ramassé, c'est tout.

— Qu'est-ce que tu faisais là à une heure pareille, Jo ?

— Je cherchais Georges. Il avait été absent toute la journée. Ça ne lui ressemblait pas. Je savais que le soir, il venait parfois par ici. Il habitait juste en face, de l'autre côté du canal. Il aimait le château hanté.

— Admettons. Mais je ne te suis pas, Jo. Quel rapport y a-t-il entre ce couteau – un couteau neuf, de toute évidence – et le suicide de Georges ?

— Je te l'ai dit, Sara. Georges avait peur. Il se sentait menacé.

— Mais par qui, enfin ? Le Trio n° 4 ?

— Je ne sais pas. Il n'a rien voulu me dire. Il était mort de peur. Tout ce qu'il a accepté de me confier, c'est qu'il y aurait trois lames. Ce serait une sorte de signe qui déclencherait des horreurs. C'était la semaine passée. À partir de là, il ne m'a plus rien dit.

Ça me semblait insensé et je n'y ai plus pensé. J'ai ramassé le couteau comme ça, sans réfléchir. C'est seulement quand j'ai entendu les nouvelles à la télé que j'ai compris de quoi il s'agissait.

Il se tait avant d'ajouter d'un ton lugubre:

— Ceci est la première lame.

Je dévisage Jo dans la pénombre, abasourdie.

— Et tu n'as rien dit à la police?

Jo fait prestement disparaître le couteau dans sa poche. Son visage se renfrogne.

— Tu es folle! siffle-t-il. Pour que les autres sachent? Pour que je sois le prochain sur la liste?

— Voyons, Jo, tu délires. Qu'est-ce que c'est que cette histoire?

— Il y a déjà eu un mort, Sara. Je ne veux pas être le suivant.

4

SMOKED MEAT

J'ai fait tout ce que j'ai pu pour convaincre Jo d'aller informer la police de ce qu'il savait. En pure perte. Cette seule idée le remplissait de panique. Et j'ai dû lui promettre, malgré ma réticence, de n'en rien faire moi-même.

Je le comprends, dans le fond. Qui croirait à cette histoire de lames annonciatrices de meurtres à propos du suicide plus ou moins programmé d'un garçon fatigué de vivre ?

D'autant plus que nous avons fait une grosse bêtise, je dois l'avouer. Alors que je tournais et retournais le couteau entre mes doigts pour l'examiner, Jo a soudain posé sa main sur mon bras.

— Arrête, a-t-il chuchoté.

— Qu'est-ce qui te prend ?

— Les empreintes…

Je me suis mordu les lèvres. Stupide que j'étais ! Nerveusement, je me suis mise à frotter le manche et la lame du couteau avec un pan de ma blouse jusqu'à ce qu'il brille comme un miroir. Puis je me suis rendu compte que ce n'était peut-être pas *mes* empreintes digitales qu'avait évoquées Jo, mais celles du propriétaire du couteau. Et je venais de tout effacer!

Jo m'a dévisagée un long moment, bouche mi-ouverte, comme un gamin de trois ans qui regarde un magicien en train de faire apparaître et disparaître des pièces de monnaie entre ses doigts.

— J'ai été idiote, ai-je bafouillé.

Puis je lui ai remis l'objet, le tenant à travers le tissu de mon vêtement, et j'ai ajouté :

— En tout cas, tu as raison. Mieux vaut n'en parler à personne, à présent.

Jo m'a paru légèrement rassuré. Pas moi. Je me suis sentie prise dans un sale piège.

Quand je suis rentrée à la maison, ma mère regardait à la télé une émission dans laquelle des gens gagnent des millions en étalant leur ignorance et leur stupidité devant un public exalté. Je me demande vraiment pourquoi on nous oblige à aller à l'école...

En me retournant dans mon lit sans trouver le sommeil, je me suis rappelé que j'avais oublié de demander à Jo pourquoi il n'était pas venu à l'école dans l'après-midi. Pas plus s'il avait aperçu Jean-Baptiste, alias Smoked Meat. Où est-il passé, celui-là ?

Trop de questions. Je voudrais simplement dormir.

Premier frémissement, ce matin, en arrivant à l'école. Un uniforme au détour d'un couloir. Deux, même. Des agents de la police de Montréal. Un agent et une agente, plus exactement. C'est mardi dernier qu'on a découvert le corps de Georges. Il leur a fallu tout ce temps pour réagir ?

Cette fois, Jo n'échappera pas à un interrogatoire. J'ai vu les agents entrer dans le bureau du directeur. Celui-ci, monsieur Marineau, connaît bien chacun de ses élèves.

Il faut dire que notre établissement est une école spéciale qui récupère les « irrécupérables ». Décrocheurs, raccrocheurs, immigrants aux prises avec des problèmes de langue et d'intégration. Certains d'entre nous ont déjà eu affaire à la police ou à la justice. C'est ce qui explique notre âge – de quinze à vingt et un ans – alors que nous ne sommes qu'au secondaire.

Si j'ai moi-même échoué là, ce n'est pourtant pour aucune de ces raisons. J'ai été malade il y a quelques années. Gravement. Et longtemps. De là vient mon aspect malingre.

J'ai dû rester chez moi – l'horreur! – pendant des mois et j'ai perdu tout ce que j'avais appris à l'école. Seule consolation, j'ai lu énormément. Des romans. Ce qui n'a sans doute pas été sans influence sur ma vision du monde...

L'ennui, c'est que je n'ai jamais pu reprendre le cursus normal – à cause d'absences répétées – et, après trois ans de baisses continuelles dans mes résultats, j'ai été placée dans cet établissement. Je ne m'y suis jamais sentie bien et je ne m'y suis fait aucun ami. À l'exception de Toni, que je connaissais avant, et de Jo. Si on peut appeler Jo un ami...

Monsieur Marineau sait parfaitement que Jo était le seul d'entre nous à pouvoir approcher Georges, et je me demande même s'il ne soupçonnait pas les agissements du Trio n° 4 en ce qui concerne les vols commis par Georges pour ce dernier.

Je me dirige vers ma classe, où j'aperçois Jo, l'air plus angoissé que jamais, ainsi que Toni et Étienne, le bien nommé Pogo, qui n'affichent plus leur arrogance habituelle.

Je note aussi que Jean-Baptiste n'a pas réapparu.

L'ambiance est lourde. Pogo et Toni sont assis au fond, comme toujours. Mais en silence, ce qui est moins courant. Depuis hier, personne ne leur adresse la parole. Quant à Jo, il n'a plus l'air d'un simple Martien, comme d'habitude, mais carrément d'un habitant d'une autre galaxie. Il fait tout pour éviter mon regard.

Vingt minutes à peine après le début du cours, Véronique, l'adjointe de monsieur Marineau, fait irruption dans la classe.

— Étienne, veux-tu m'accompagner, s'il te plaît ?

Pogo la dévisage avec de gros yeux ahuris.

— Mais je n'ai rien fait, moi ! fait-il avec humeur.

— Je n'ai pas dit que tu avais fait quelque chose, je t'ai demandé de me suivre, répond Véronique d'un ton sec.

Pogo se lève de mauvaise grâce et se dirige vers la porte d'un pas traînant.

Une demi-heure se passe encore et la porte s'ouvre de nouveau. Véronique. Cette fois, c'est Toni qui est prié de se rendre chez monsieur Marineau.

Avant qu'il ne franchisse la porte, il a le temps d'accrocher mon regard. L'échange est bref mais, pour la première fois depuis que je le connais, je lis de l'inquiétude dans ses yeux.

Jo, lui, semble assis sur un barbecue. Allumé. Le barbecue, pas Jo... Le cours se termine sans que Pogo ni Toni ne reviennent dans la classe. Même chose pour le cours suivant. À midi, les deux garçons ne sont toujours pas revenus.

Jo, pour sa part, n'a pas été appelé au bureau. En revanche, à peine le dernier cours du matin terminé, il s'évanouit dans la nature – façon de parler – et je me retrouve seule pour manger.

Dans le hall et les couloirs, tout le monde ne parle que de ça, bien sûr. De la convocation de Toni et de Pogo au bureau du directeur. Et personne ne se prive de la relier à la mort suspecte de Georges, que plusieurs qualifient à demi-mot de faux suicide. La disparition de Jean-Baptiste est également très commentée.

Hier encore, même s'il était d'humeur exécrable, Jean-Baptiste ne semblait pas le moins du monde malade. D'ailleurs, il n'est jamais malade. Quand il manque l'école, c'est parce qu'il a trop bu la veille ou qu'il a trouvé quelque chose de mieux à faire de sa journée.

J'erre d'un petit groupe à l'autre sans m'immiscer dans aucun, écoutant ce qui se dit mais gardant pour moi mes propres réflexions. Comme toujours dans ce genre de situation, tout le monde a soudain quelque chose à raconter, chacun se retrouve détenteur d'un petit secret et y va de son anecdote ou de son commentaire à propos de Georges ou du Trio n° 4.

Je ne peux m'empêcher de trouver ça répugnant. Jamais Georges vivant n'a suscité le moindre intérêt, et voilà que mort, tous semblent l'avoir connu, respecté. Faut-il donc mourir pour être enfin aimé?

L'ambiance est trop lourde, je préfère m'éclipser. Je quitte l'école par la porte de derrière et j'hésite un instant. À droite, la rue Beaudouin me mènera au canal, à gauche elle débouche sur la rue Notre-Dame. Je choisis de tourner le dos au canal…

Une fois arrivée rue Notre-Dame, je prends à gauche. En direction de chez Jo? Pas particulièrement, non. Je ne vais nulle part. Je veux juste marcher, marcher pour ne pas me laisser submerger par mes pensées.

Mais je n'aurai aucun repos! J'ai à peine fait quelques pas que mon œil est attiré par la une du *Journal de Montréal*, exposé sur un présentoir à l'entrée d'un dépanneur.

UN JEUNE GRIÈVEMENT BLESSÉ DANS L'ANCIENNE USINE DE CANADA MALTING!

Je me fige. L'image de Jo, étendu en sang sur le sol jonché de décombres et de ferrailles tordues du «château hanté», jaillit devant mes yeux. Aurait-il été le «suivant», comme il le craignait?

Non, c'est stupide. Jo était là ce matin et le journal ne peut relater qu'un épisode survenu hier. Ce serait donc?...

N'ayant pas d'argent sur moi, je ne peux pas acheter le journal et je sais que le vendeur a horreur qu'on les consulte sur place, ça les abîme. Heureusement, la bibliothèque publique de Saint-Henri n'est qu'à quelques pas et, à cette heure-là, elle sera presque déserte.

Encore deux blocs et j'y suis. Pas grand monde, en effet. Je me dirige vers le coin de la presse. Le *Journal de Montréal* est là, déjà pas mal chiffonné. Je tourne nerveusement les pages.

C'est bien ce que je pensais. Jean-Baptiste.

Peu de détails précis sur le drame. Le journaliste, en fait, évoque surtout le danger que constituent ces anciens silos et le laxisme des autorités municipales qui ne sont pas capables d'en interdire l'accès aux jeunes contrevenants (et pourquoi toujours les jeunes contrevenants et pas les vieux, d'ailleurs?).

Hors de cet étalage de mauvaise foi et de sensationnalisme, peu d'éléments vraiment éclairants, en fait. Tout ce que je peux apprendre, c'est que le corps de Jean-Baptiste a été découvert par d'autres jeunes qui, semble-t-il, auraient appelé la police de façon anonyme pour lui signaler la présence d'un cadavre dans l'usine abandonnée.

Quelques minutes plus tard, les policiers ont trouvé sur les lieux non pas un cadavre mais Jean-Baptiste râlant faiblement sur le sol, couvert d'hématomes, les deux jambes et un poignet fracturés. Chute de l'une des nombreuses passerelles qui courent le long des parois, parfois à des hauteurs vertigineuses, ce qui expliquerait la nature et la gravité des blessures. Le jeune homme a tout de suite été transporté à l'hôpital.

Règlement de compte entre bandes rivales ou accident malencontreux au cours d'un de ces jeux stupides et dangereux dont les jeunes (encore eux!) sont si avides? L'auteur de l'article ne tranche pas. Pour lui, il faudrait tout bonnement démolir cette construction diabolique où se déroulent des activités illicites et périlleuses.

Je comprends maintenant pour quelle raison Toni et Pogo ont été convoqués par les policiers dans le bureau de monsieur Marineau. Dans un cas comme dans l'autre – bagarre ou jeu ayant mal tourné –, ils sont les principaux suspects puisque l'existence du Trio n° 4 était connue de tous, y compris de l'administration.

Une chose me paraît pourtant étrange. Le journaliste prétend que ce sont des «jeunes» qui ont informé les policiers de la présence d'un cadavre. Dans ce cas, on peut comprendre qu'ils n'aient pas voulu s'identifier pour ne pas être l'objet d'une accusation.

Mais, selon l'article, Jean-Baptiste gémissait encore lorsque les agents l'ont découvert. Les morts ne gémissent pas, pour autant que je sache. S'est-il réveillé après coup?

De plus, si c'est une bande rivale qui a poussé Smoked Meat du haut d'une passerelle dans l'intention de le tuer, l'auteur de l'appel n'est certainement pas l'un de ses membres: les meurtriers n'ont pas pour habitude de signaler leurs propres crimes à la police.

Ce ne sont pas davantage des passants ou des inconnus se trouvant là par hasard qui l'ont fait. On ne «passe» pas par le château hanté. On ne s'y trouve pas «par hasard». Ne s'y introduisent que ceux qui ont une bonne – ou une mauvaise – raison de le faire.

Ce sont donc des «amis», ou des «complices», qui ont téléphoné. Mais alors pourquoi ces derniers n'ont-ils pas tenté de porter secours à leur camarade blessé? Pourquoi l'avoir abandonné ainsi, sans même savoir s'il était mort ou vivant?

Je sais bien que l'honneur des bandits et des gangsters et leur comportement fraternel sont une légende colportée par le cinéma ou les romans, mais quand même.

Il y a quelque chose dans cette histoire qui ne cadre pas avec les personnages.

5

LA DEUXIÈME LAME

J'ai traîné mon angoisse tout l'après-midi, et je n'ai pu apprendre quelque chose de concret que bien plus tard, de la bouche même d'un des intéressés.

Lorsque je suis revenue à l'école, après mon passage à la bibliothèque, Jo était là mais il était trop tard pour l'aborder car les cours venaient juste de recommencer. Ces derniers se sont interminablement étirés dans l'indifférence de tous les étudiants, qui étaient aussi loin à ce moment-là des statistiques que de l'emploi du passé simple.

Le professeur en avait conscience et il savait d'ailleurs très bien ce qui nous obsédait tous. S'il a continué malgré tout à faire son travail, c'est davantage parce qu'il ne savait pas quoi faire d'autre que dans l'espoir d'être écouté.

Tout au long de l'après-midi, Jo est resté plongé dans un mutisme obstiné. Seuls discutaient ceux qui n'avaient rien à dire parce qu'ils ne savaient rien. Certains évoquaient une bande ennemie venue de la Petite-Bourgogne ou de Pointe-Saint-Charles.

D'autres parlaient d'une vengeance entreprise par le mystérieux frère de Georges, récemment revenu de l'Ouest dans des circonstances troubles. Des romans se construisaient, complexes et fourmillant de personnages, d'intrigues et de machinations diaboliques. Pour des gens qui prétendent détester les cours de français...

Ce n'est que le soir que j'ai pu entendre autre chose que des élucubrations d'individus cherchant à se rendre intéressants.

Aux nouvelles, le «suicide» de Georges et l'«accident» de Jean-Baptiste ont cédé la place à des événements plus actuels, plus colorés. Des accidents plus saignants, des drames plus atroces. Avec une seule victime à la fois – et même pas une petite fille! –, Saint-Henri n'a pas fait le poids très longtemps dans les cotes d'écoute des faits divers...

Incapable de demeurer chez moi avec ce téléviseur qui hurle ses insanités aux oreilles saturées de ma mère, je décide de ressortir aussitôt un sandwich avalé (maman m'a proposé des pogos, mais là, vraiment, j'ai décliné...).

Cette fois, j'évite la zone du canal. Pas le cœur non plus à me diriger vers la rue de Jo.

S'il veut me parler, il sait où me trouver. Je m'éloigne donc en direction du marché Atwater puis, parvenue à la voie ferrée, je tourne à gauche et je suis les rails.

Moins de promeneurs par ici que sur la piste cyclable. Pourtant, j'aime bien cette partie du quartier, qui semble avoir résisté à la vague d'urbanisation qui submerge les bords du canal depuis quelques années.

Il y a encore un vieux garage, une maison occupée par une sorte de communauté de musiciens et de tagueurs, ainsi que cet édifice curieux qu'on appelle la «maison en coin» à cause de sa forme bizarre, dont l'extrémité la plus étroite est à peine plus large que la porte et dont, paraît-il, parle Gabrielle Roy dans son *Bonheur d'occasion*.

C'est aussi un endroit que fréquentent les désœuvrés qui n'ont pas les moyens d'aller dans les bars. Il y reste encore beaucoup d'arbres et, il y a quelques années, j'y avais même trouvé une cabane construite par des enfants et dissimulée dans les buissons.

C'est là aussi que je venais espionner Toni, quand j'étais plus jeune et que j'étais amoureuse de cet adolescent beau comme un dieu dont rêvaient toutes les filles. Qui sait d'ailleurs si ce n'est pas pour cette raison que je me retrouve là ce soir. C'est certain, même…

Si quelqu'un peut débrouiller pour moi les mystères enveloppant la mort de Georges et l'agression contre Jean-Baptiste – car il y a trop de coïncidences pour que les deux événements ne soient pas liés –, c'est bien Toni. Il sait forcément ce qui s'est passé avec Georges – ce que Jo ne fait sans doute que deviner –, et il est le seul des «n° 4», me dis-je, qui accepterait peut-être de m'en parler.

J'espère sans trop y croire, cependant. Si Toni et Pogo n'ont pas reparu de la journée, c'est sans doute parce que les policiers les ont arrêtés.

J'en suis là de mes réflexions lorsque j'aperçois deux filles un peu plus jeunes que moi qui arrivent dans ma direction. Je les connais. Deux gamines à l'énergie débordante et à la langue vive, qui ressemblent un peu à celle que j'étais à leur âge. Elles fréquentent le club de boxe de la rue Notre-Dame, celui où Pogo et Smoked Meat ont l'habitude de se flanquer «amicalement» des coups sur la figure.

Parvenue à leur hauteur, je les trouve moins excitées que d'habitude. Je prends mon air le plus «grande» possible et je leur demande:

— Dites, les filles, vous avez vu Pogo ce soir ?

Si j'avais posé la question à propos de Toni, elles se seraient sans doute renfrognées, craignant la concurrence. Mais Pogo, avec sa tête de carcajou mal peigné, on peut l'admirer comme boxeur, pas pour autre chose.

— Pogo ? fait une des filles. Oui, il était au club il y a cinq minutes. Mais on te prévient, il est pas de bonne humeur.

— Il s'est fait mettre un œil au beurre noir ?

— Non, mais il est enragé. Il frappait comme jamais. Il s'est disputé avec Toni. On a cru qu'ils allaient se battre. Pour de vrai...

— Toni ?

Mon sourire commercial s'est évanoui. Les filles se sont jeté un coup d'œil avant de répondre.

— Pas à prendre avec des pincettes, lui non plus. Il est parti tout de suite au McDo du coin de la rue Greene. Il y était encore il y a deux minutes, on vient de le voir.

Je les remercie d'un signe de tête et me hâte vers la rue Notre-Dame.

Deux minutes plus tard, je pousse la porte du restaurant et m'assois en face de Toni. Un Toni sombre, fermé, taciturne, qui lève à peine les yeux vers moi. Je ne l'ai jamais vu ainsi.

— Qu'est-ce qui s'est passé?

— Rien, Sara, répond-il en me fusillant du regard. Il ne s'est rien passé et tout ce que je demande, c'est qu'on me fiche la paix.

J'ai envie de lui crier à la figure qu'il se moque de moi, mais je me retiens. Ce n'est pas la manière, avec Toni. Plus on l'attaque, mieux il se défend. Je me contente de le regarder droit dans les yeux, sans un mot. Je me tiens très droite, mains sur les genoux. Je ne souris pas. Les secondes passent, paraissent des minutes…

Incroyable! Toni a baissé les yeux.

— Tu m'énerves, Sara.

— J'étais inquiète. J'ai cru que tu étais en prison.

Toni redresse la tête. Il a l'air surpris.

— En prison?

— C'est ce que croient beaucoup de gens, Toni. Après la tentative de meurtre contre Jean-Baptiste…

— Quelle tentative de meurtre? Tu es folle! C'était un accident.

— Tu y étais?

— Non, bien sûr, ne dis pas de conneries, Sara. Mais si quelqu'un s'en était pris à lui, il l'aurait dit.

— Tu l'as vu ?

— Oui, je suis allé à l'hôpital.

— Qu'est-ce qui s'est passé, alors ?

Toni ne répond pas tout de suite. La question semble l'embarrasser. Il se gratte la joue, hésite.

— Je ne sais pas vraiment, finit-il par avouer. Il peut à peine parler et on ne m'a pas autorisé à rester longtemps dans sa chambre. Il a dit qu'il était tombé, c'est tout.

— Et tu l'as cru ? Franchement, Toni, tu imagines le grand, le fameux Smoked Meat faisant le clown tout seul dans l'usine, sans le moindre public ? Faisant des salutations dans le vide et ratant une marche ? Dis-moi qu'il faisait des mots croisés, pendant que tu y es !

— Bien sûr, que je ne l'ai pas cru, grommelle Toni. Je ne suis pas idiot. C'est justement ce qui me tracasse. J'ai bien senti qu'il me mentait, mais je n'ai pas compris son jeu. J'ai mis ça sur le compte du choc. Il voulait aussi savoir où se trouvait Pogo.

— Il n'était pas avec toi ?

— Non. Après l'interrogatoire avec les policiers dans le bureau de monsieur Marineau, j'ai demandé si on pouvait voir Jean-Baptiste. On m'a dit que oui, à condition de ne pas le fatiguer parce qu'il est entre la vie et la mort. Je pensais que Pogo viendrait avec moi mais il a prétendu qu'il avait des trucs à régler et il a disparu.

— Je me demande quelle mouche l'a piqué, Pogo. En venant, j'ai croisé deux filles du club qui m'ont parlé d'une bagarre avec toi.

— Ouais, ça a failli mal tourner. Je ne sais pas ce qu'il a. Il croit qu'on le pense coupable. Mais de quoi au juste ? Ce n'est pas clair. Il m'a dit d'arrêter de raconter des conneries sur lui, que si je continuais il allait me casser la gueule, etc. Je ne sais pas ce qu'il lui prend. Il est comme fou.

Toni secoue la tête, coudes sur la table. Je n'aurais jamais cru qu'il pouvait se tenir aussi voûté. L'affaire est étrange, c'est vrai. L'attitude de Jean-Baptiste est incompréhensible, et celle de Pogo ne l'est guère moins. Mais je me demande si Toni lui-même me révèle vraiment tout ce qu'il sait.

Je le sens perdu. Démuni face à moi. Pour un peu, il me ferait pitié. Un héros est tombé… J'essaie de le ramener à la réalité.

— Au fait, qu'est-ce qu'ils te voulaient, les policiers ?

Toni redresse la tête. Il a presque l'air étonné de la question.

— Oh, pas grand-chose, fait-il comme si le sujet était de peu d'importance. Ils m'ont interrogé sur mes relations avec Jean-Baptiste. Mais je n'ai rien à cacher là-dessus. On forme une bande d'amis, c'est tout. Pas un gang de rue.

— Ils n'ont pas parlé de Georges ?

Toni se renfrogne.

— Fous-moi la paix avec Georges, Sara. Non, ils ne m'ont pas parlé de Georges. Je ne veux plus qu'on me parle de Georges. Je ne suis pas sa mère. Je te l'ai déjà dit, je ne suis pour rien dans ce qui lui est arrivé.

— Ne t'énerve pas, Toni. Je ne t'accuse de rien. C'est juste que je m'inquiète pour toi.

— Je n'ai pas besoin qu'on s'occupe de moi, je suis assez grand. Pogo, toi, qu'est-ce que vous avez, tous ? Je ne suis pas responsable de tous les ados qui se jettent dans un canal ni de tous les couteaux qui traînent dans la poussière.

Je sursaute légèrement.

— De quel couteau parles-tu ?

Toni semble se calmer.

— Un couteau que les flics ont trouvé près de Jean-Baptiste, à l'usine. Ils me l'ont montré. Ils voulaient savoir si je l'avais déjà vu, si je savais à qui il appartenait. Sûrement pas à Jean-Baptiste, en tout cas. Pas son style. Un truc de boy-scout, du genre qu'on achète à la quincaillerie quand on a dix ou douze ans. Il aura été perdu là par un gamin.

— Un couteau neuf?

Toni fronce les sourcils.

— Comment le sais-tu?

— Je… je ne sais pas. Je disais ça comme ça.

— Oui, un couteau tout ce qu'il y a de neuf, reprend Toni sans paraître remarquer mon trouble. Quand les flics m'on demandé s'il était à moi, j'ai haussé les épaules et je leur ai dit en manière de plaisanterie qu'ils n'avaient qu'à vérifier les empreintes digitales…

— Et?

— Eh bien, le couteau n'en portait aucune, d'après ce qu'ils m'ont indiqué. Un couteau neuf, je te dis. Absolument neuf. Pas une arme, visiblement. D'ailleurs, les flics n'ont pas insisté. C'était bizarre…

Oui, bizarre. Et effrayant. D'après la description de ce couteau, il correspondrait à celui que j'ai tenu entre mes mains hier soir. Un jouet dangereux. La deuxième lame?

Ainsi, Georges aurait eu raison. Mais quelle machination est donc à l'œuvre?

Et pour qui sera la troisième lame?

6

POGO

Toni est trop perdu dans ses pensées pour remarquer mon propre malaise. Il joue machinalement avec la fourchette en plastique qui lui a servi à manger sa poutine.

Je demeure longtemps silencieuse, partagée entre l'envie de lui répéter ce que Jo m'a dit sur l'histoire des lames et la promesse que je lui ai faite de ne pas en parler.

Finalement, je m'en tiens à cette dernière décision. Par loyauté envers Jo, en partie, mais aussi parce que ça me mettrait dans une sale position. Il faudrait que j'explique pourquoi je n'ai rien dit jusqu'ici, que je me justifie, que, sans doute, j'aille témoigner devant les policiers.

Mais témoigner de quoi ? Qu'avaient en commun deux garçons comme Jean-Baptiste et Georges ? Rien, pour autant que je sache.

Ce qui m'inquiète, c'est qu'il a été question de trois lames. Je me demande qui sera le prochain destinataire. Toni, Pogo ? Jo ?

Si c'est Pogo ou Toni qui sont visés, pourquoi un seul des deux ? Dans la plupart de ses activités, le Trio agit toujours de façon solidaire.

Jo? C'est lui-même qui m'a avoué qu'il craignait d'être le suivant. Mais quel lien tisser entre lui, Georges et Jean-Baptiste? Jean-Baptiste les méprisait tous les deux et n'avait aucune relation avec Jo. Ça n'a aucun sens.

De plus, les couteaux ont été trouvés près des victimes, pas sur elles. Un éventuel vengeur désireux de signer ses crimes aurait placé sa marque de manière plus évidente. Sur le corps même de ses cibles. Et là encore, il y a un détail qui ne me paraît pas très logique: pourquoi choisir le couteau alors que la première victime est morte noyée?

Ce qui m'affecte le plus là-dedans, c'est l'impression que personne ne me dit la vérité, que chacun retient une partie de ce qu'il sait. Jo à cause de sa peur, probablement. Il a peur de son ombre. Mais Toni? Qu'a-t-il à craindre, lui? De qui?

D'ailleurs, qui suis-je pour le leur reprocher? Moi-même je tais le peu que j'ai appris…

L'attitude de Jean-Baptiste n'arrange rien. Comme me l'a fait remarquer Toni, si des membres d'une bande rivale s'en étaient pris à lui, il aurait trouvé l'énergie de le signaler à Toni pour le mettre en garde, d'une part, et préparer une riposte, d'autre part. Et cela malgré sa faiblesse. S'il n'avait pu articuler que quelques mots, ce sont ceux-là qu'il aurait prononcés.

Or il prétend être tombé. S'il accrédite lui-même la thèse de l'accident, la police n'ira pas plus loin et aucun dossier criminel ne sera ouvert. Tout au plus enjoindra-t-on à la Ville de Montréal de fermer définitivement et de façon efficace le site de Canada Malting.

Mais si Jean-Baptiste n'a vraiment été la victime que de sa propre imprudence, qui s'est trouvé près de lui pour informer la police de sa présence dans l'usine désaffectée ? Et le couteau, qui l'a posé là ? Des coïncidences comme ça, ça ferait ruer un cheval de bois.

Toni n'est pas au courant pour le couteau. Mais il connaît assez Smoked Meat pour savoir que celui-ci ne serait jamais allé faire l'acrobate au château hanté sans le reste de sa bande, et il ne peut pas ne pas se poser de question sur la manière dont il a été découvert à demi mort.

Du coup, je ne vois qu'un seul personnage susceptible d'apporter un début d'explication. Pogo.

Si Pogo et Smoked Meat, pour un motif quelconque, ont eu une discussion un peu animée hors de la présence de Toni, si la dispute a mal tourné, si Pogo a poussé son camarade, même sans l'intention de le tuer ou de le blesser sérieusement, cela répond à deux questions.

Premièrement, il est logique que Pogo, ayant cru son ami mort, ait appelé lui-même la police, tout en restant dans l'ombre pour ne pas risquer une accusation de meurtre.

Deuxièmement, Smoked Meat, en chef de bande prétentieux et probablement bouffi de films de gangsters, ne dénoncerait pas son acolyte à la police. Il attendrait le moment voulu pour exercer lui-même sa vengeance. Ce serait bien dans son genre.

Du coup, cela expliquerait le fait que Toni reste évasif à propos de ce qui est arrivé à Jean-Baptiste : lui aussi il soupçonne Pogo et, pour les mêmes raisons que la victime, il juge préférable que l'affaire demeure «dans la famille». Idiot, mais c'est bien un raisonnement de garçon.

Le seul détail qui cloche dans cette hypothèse est que Jean-Baptiste ne se soit pas confié à Toni. Pour quelle raison? J'ai ma petite idée là-dessus. Peut-être n'est-il pas certain que ce soit Pogo son agresseur. Ce dernier pouvait être masqué. L'avoir attaqué par-derrière.

Jean-Baptiste a bel et bien interrogé Toni sur Pogo. Ce n'est peut-être pas Pogo qu'il soupçonne, mais Pogo *ou* Toni. Il sait qu'il a été trahi par un des membres du Trio, mais lequel, ça il l'ignore.

Pour ma part, je ne peux pas croire que Toni ait fait une chose pareille. S'il avait eu un différend avec Jean-Baptiste, il se serait battu au grand jour. Il y a toujours un mouton noir dans une bande, mais pas Toni. Mauvais garçon, oui, mais pas voyou de bas étage…

C'est donc Pogo, j'en mettrais ma main au feu.

L'énigme est pourtant loin d'être résolue. Que Pogo soit l'assaillant n'éclaire en rien le mystère des couteaux, ni le possible meurtre de Georges. Il faut raisonner autrement.

Admettons que Pogo ait tué Georges. Jean-Baptiste le sait, mais il trouve qu'il est allé trop loin. Beaucoup trop loin. Leurs petits trafics lui suffisent. Le meurtre c'est une autre histoire, qui peut avoir de graves conséquences sur le groupe, et sur lui-même en tant que leader de ce groupe. Jean-Baptiste le lui a fait sentir.

Se sentant lâché par son chef, Pogo prend peur. Il craint qu'on ne lui fasse porter seul le chapeau. Or Pogo n'est pas un modèle de finesse. Pour lui, résoudre un problème… c'est le « supprimer » !

Il envisage donc de passer aux actes et donne rendez-vous à Smoked Meat dans l'usine, le mercredi soir. On connaît la suite. Dispute. Ils en viennent aux mains, Jean-Baptiste tombe d'une des passerelles.

Oui, c'est bien joli, tout ça, mais dans ce cas de figure, la réaction de Pogo aurait été presque instantanée. Il n'y aurait pas eu machination ourdie de longue date. D'où sort, à ce moment-là, l'histoire des trois lames ? Non, mon explication ne tient pas.

Malheureusement, je n'en ai pas d'autre…

Toni manipule toujours sa fourchette d'un air absent. Dans le fond, je ne crois pas qu'il me mente. Les menteurs cherchent à étayer leurs mensonges, ils brodent tout autour, ils en rajoutent. Ils parlent sans arrêt pour vous étourdir, vous éblouir, pour ne pas vous laisser le temps de réfléchir. Un menteur doit rester le maître du jeu.

Puisque Toni se tait, c'est qu'il n'est le maître de rien du tout.

Pourtant, si, comme la plupart des jeunes de ce quartier, Toni n'a pas peur de ce qu'il connaît, une menace qu'il ne comprend pas lui fait probablement perdre ses moyens. Frapper, oui, mais frapper qui ?

Soudain, Toni semble revenir à la réalité. Il se lève.

— Je file, lance-t-il d'un ton sec.

— Où vas-tu ?

— Tu n'es pas ma mère, Sara ! réplique-t-il en se dirigeant vers la sortie.

— Je sais, dis-je avec humeur. Simplement, je ne voudrais pas qu'il t'arrive quelque chose.

Curieusement, Toni s'arrête, se retourne, et revient s'asseoir en face de moi. Il penche la tête par-dessus la table.

— Sara, je te trouve vraiment bizarre depuis quelques jours. Pourquoi penses-tu qu'il va m'arriver quelque chose ? Tu as des informations que tu me caches, c'est ça ?

Je suis sur le point de lui révéler le truc des couteaux mais je me retiens à temps. Ça ne l'aiderait en rien et, de plus, ça me vaudrait des ennuis.

— Non, Toni, je ne sais rien. Mais j'ai bien l'impression, et je ne suis pas la seule, que Pogo a fait quelque chose dont les conséquences le dépassent. Ne me dis pas que tu n'es pas d'accord.

— Je comprends ce que tu veux dire. Pogo est nerveux à cause du suicide de

Georges, c'est vrai. Je suis tout à fait au courant des rumeurs qui courent sur le sujet, et lui aussi. Et comme c'est vrai qu'il n'est pas une lumière, il panique. Il s'invente des histoires, comme ceux qui ne savent rien du tout. Je ne sais pas ce qu'on t'a raconté, Sara, mais sache que ce ne sont que des mensonges.

— C'est toi qui racontes, Toni. C'est toi qui as vu Jean-Baptiste à l'hôpital, c'est toi qui as failli te battre avec Pogo. Tires-en toi-même les conclusions. Si j'ai bien compris, ce n'est pas la chute de Jean-Baptiste qui est une erreur, c'est le fait qu'il ait survécu ! Il y a eu tentative de meurtre. Tu n'as pas encore compris ça ? Et il ne t'est pas venu à l'idée que le prochain mort, ce pourrait être toi ?

Toni serre les dents. Il n'est pas en mesure de me contredire, il est clair que j'ai raison. Mais il doit prendre assez mal le fait que je réfléchisse plus vite que lui.

Mon argument a porté, je dirais. Toni hoche gravement la tête.

— OK, Sara, c'est bon, je vais faire attention à moi. Mais si je croise Pogo, je t'assure qu'il va passer un mauvais quart d'heure.

Ce n'est pas le conseil que je souhaitais lui donner…

7

LIVIU

Quel choc, hier soir! Pendant un court instant, j'ai été prête à croire aux fantômes!

Après ma discussion avec Toni, je me suis retrouvée seule. Il n'a pas voulu me dire ni où il allait, ni ce qu'il comptait faire. Il était de mauvaise humeur et j'ai compris qu'il était inutile de le suivre. La nuit était tombée et je n'avais plus qu'à rentrer chez moi. Je n'en avais par contre aucune envie.

Curieusement, la peur m'avait quittée. Je me disais que si quelqu'un courait un danger à présent, c'était Pogo. Pourquoi? Je n'aurais su le dire. Mais j'étais persuadée d'une chose: personne ne saurait jamais ce qui s'était passé lundi soir sur l'écluse. Georges avait emporté son secret avec lui.

Ceux qui étaient au courant – Jean-Baptiste, Pogo? – allaient devoir vivre avec ce poids sur la conscience, mais ils ne diraient rien. On retrouverait peut-être un couteau neuf dans la poche de Pogo, ou dans son sac, ou devant chez lui, mais j'étais moi-même étrangère à toute cette histoire. Je n'avais rien à craindre, rien à me reprocher.

J'ai descendu la rue Greene jusqu'à l'embranchement du tunnel Atwater, traversé Saint-Ambroise, et je me suis mise à longer le canal. Toutes ces anciennes usines transformées en lofts pour des gens qui n'ont peut-être jamais eu à travailler de leurs mains donnent un caractère étrange au quartier, mais je m'y sens chez moi malgré tout.

Passé la rue Sainte-Marguerite, les vieilles constructions n'ont pas été retapées – pour l'instant – et la zone reprend son aspect désuet et tristement populaire. C'est presque sans surprise que je me suis retrouvée à proximité du château hanté.

Là, j'aurais dû tourner à droite et rentrer enfin chez moi. L'image de ma mère évachée sur le canapé devant une émission pour lobotomisés naturels m'a fait changer d'avis.

Je ne pense pas avoir d'attirance morbide pour les lieux marqués par la mort, mais l'idée m'est venue tout à coup que celle de Georges avait eu lieu deux fois. Sa noyade dans le canal, tout d'abord, puis la « disparition » complète de son corps, par la suite.

Je m'explique : on dit que pour faire leur deuil, les parents ou amis d'un défunt doivent pouvoir lier leur chagrin, sinon au corps du disparu lui-même, du moins à un lieu précis qui le leur rappelle, sépulture ou urne funéraire. C'est pourquoi les gens qui perdent un des leurs dans un lointain accident d'avion ou dans un naufrage ne parviennent que très difficilement à admettre leur mort.

Or personne, à ma connaissance du moins, ne sait ce qu'est devenu le corps de Georges. Nulle cérémonie n'a été annoncée. Georges a-t-il été incinéré ? Enterré ? À quel endroit ?

Tous ceux qui l'ont côtoyé sans le connaître vraiment se sont contentés d'anecdotes et de souvenirs sans doute inventés, comme pour se faire pardonner le manque d'intérêt qu'ils avaient eu pour lui de son vivant.

Je me dois d'être honnête ici : je ne peux pas dire que Georges m'ait laissé des souvenirs impérissables. Mais, même si je ne suis pas croyante (une divinité qui se fiche de moi depuis ma naissance ne m'intéresse pas), il me semble que je pourrais au moins dire une sorte d'adieu à Georges avant qu'il ne s'efface de nos mémoires.

Ni fleurs, ni bougies, ni prières. Pas davantage de cérémonie rituelle. Encore moins de larmes. Je ne sacrifie pas à tout cet arsenal de la fausse bonne conscience et de la honte ravalée. Mais une dernière pensée, au moins, sur le lieu même où il a achevé sa pauvre existence.

J'ai donc laissé l'imposante silhouette du château hanté sur ma droite et je suis arrivée à la hauteur de l'écluse. La lumière vacillante des quelques lampadaires qui fonctionnent une fois sur deux le long de la piste éclairait à peine la surface immobile de l'eau.

De l'autre côté du canal, les formes tassées et indistinctes des ateliers et des entrepôts de Verdun, déjà si peu actifs de jours, plongées dans des ténèbres désespérantes dès la tombée de la nuit. Il commençait à faire froid. Même les promeneurs de chiens avaient disparu.

Je me suis approchée du sas, de plus en plus près du bord, à pas de plus en plus lents, jusqu'à ce que le bout de mes chaussures dépasse légèrement du rebord de béton. Une sorte de vertige m'a obligée à fermer les yeux. De l'eau montait une odeur fade et écœurante.

Quel courage avait-il fallu à Georges pour se jeter là-dedans ! Quel désespoir, quelle douleur...

J'ai parfois pensé à en finir moi-même, quand ma vie me paraissait totalement dépourvue de tout horizon. Cependant, manque de courage de ma part, je ne suis jamais passée à l'acte. Mais dans ces cas-là, je pensais plutôt poison ou accident de voiture, peut-être. Quelque chose de fulgurant ou d'indolore. D'instantané, à tout le moins.

Tandis que cette eau noire et glacée, cette fosse sinistre qui pue la charogne à chaque printemps, le liquide froid qui t'étouffe en prenant lentement possession de tes poumons...

Non, plutôt vivre. Même mal...

J'ai rouvert les yeux et suis parvenue à me calmer. Je me suis tenue un long moment sur le bord, bras ballants le long du corps, menton sur la poitrine, hypnotisée par le reflet blême de la lune flottant là comme le cadavre d'une méduse monstrueuse.

Pauvre Georges! Avait-il vraiment été capable d'aller fouiller le site de Canada Malting pour y chercher une pièce de métal suffisamment lourde pour l'entraîner au fond et lui interdire toute possibilité de remonter? Avait-il vraiment eu le cran d'attacher solidement ce poids à son cou?

Avait-il fermé les yeux au moment de sauter?

Ou bien l'avait-on attaché, frappé, poussé?...

J'aurais pu passer une bonne partie de la nuit ainsi, sans bouger, noyée moi-même dans ces pensées malsaines. C'est un bruit léger, provenant de l'autre côté de l'eau, qui m'a fait relever la tête.

Tout de suite, je n'ai rien vu. Je pense d'ailleurs que j'avais les yeux un peu embués…

Puis il est apparu brusquement, comme s'il venait de surgir du néant, sur la passerelle qui enjambe le déversoir, de l'autre côté de l'écluse. Et j'ai eu la frousse de ma vie.

La silhouette, immobile d'abord, s'est mise en marche vers moi. Il faisait sombre, la lune étant momentanément cachée par un nuage. Mais il y avait un peu de vent et elle a bientôt réapparu. J'ai senti mes jambes se dérober sous moi. Ce visage…

Georges!

J'ai failli hurler.

Tout cela n'a sans doute duré que quelques fractions de seconde, mais j'ai eu l'impression de vivre un véritable cauchemar, de ceux qui paraissent s'éterniser et dont on ne parvient pas à se réveiller tout à fait, même s'ils n'ont pas excédé le temps que dure une dizaine de respirations.

L'individu s'est approché encore, me dévisageant avec surprise, et ma terreur est retombée aussi vite qu'elle était apparue. C'était un homme jeune, dans la vingtaine peut-être, de taille moyenne. Sa ressemblance avec Georges était frappante. C'est alors que j'ai compris. Il ne pouvait s'agir que de son frère, dont on avait parlé la veille aux nouvelles télévisées.

Il a hésité un instant, puis il a traversé l'espace qui sépare le canal du déversoir et il est venu se planter près de moi. Il avait les mains dans les poches et le visage fermé, mais je ne percevais aucune menace dans son attitude.

Il n'a pas dit un mot. Il se contentait de me regarder avec insistance, sans chercher à s'en dissimuler.

Une question me brûlait les lèvres, mais je n'osais pas la formuler. Après tout, je n'avais jamais été intime avec Georges et ma présence ici pouvait passer pour celle d'une intruse, d'une voyeuse. D'une curieuse malsaine. Il était clair que je n'étais pas une promeneuse égarée là par hasard. Il devait le sentir.

C'est lui qui, au bout de quelques minutes, a rompu le silence.

— Georges était ton ami?

Sa voix était grave, et dépourvue autant d'animosité que de chaleur. Une voix neutre, comme absente. J'ai avalé ma salive avant de répondre :

— Mon ami, non, pas vraiment. Je crois qu'il n'avait pas d'amis. Mais j'étais dans la même classe que lui, à Saint-Henri. Il était toujours seul. Tu es son frère, n'est-ce pas?

— Il était toujours seul, dis-tu? a-t-il répliqué sans répondre à ma question.

Je me suis sentie stupide tout à coup. Les troublantes relations de Georges avec le Trio n° 4 n'étaient un secret pour personne, et son frère en avait certainement entendu parler. Georges était-il moins seul pour autant?

— Oui, ai-je insisté. Je pense qu'on peut dire qu'il était seul. Les rapports qu'il avait avec d'autres jeunes de la classe étaient purement artificiels. Comment dire? C'était des rapports vicieux, faussés. Oui, il était seul, je le maintiens. Il en souffrait sûrement, d'ailleurs.

— J'imagine, oui.

Le jeune homme a semblé alors se radoucir, et il m'a tendu la main.

— Je m'appelle Liviu. Je suis le frère de Georges, en effet.

— Sara.

Toute tension est retombée. Liviu m'a parlé de son jeune frère, qu'il n'avait pas vu depuis longtemps, étant parti quelques années auparavant en Alberta pour chercher du travail.

— Georges a toujours été un rêveur, a-t-il poursuivi. Déjà, enfant, il ne vivait que par procuration. Il y avait pourtant beaucoup d'agressivité en lui. Il ne l'exprimait que par l'écriture d'histoires invraisemblables et sanglantes dont il remplissait des cahiers. Mais, si entre les lignes il s'imaginait volontiers dans la peau d'un tueur sans pitié, dans la réalité il aurait été incapable d'arracher les ailes à une mouche.

— Tu penses qu'il ne s'est pas suicidé?

— Pourquoi cette question? a fait Liviu d'un ton étonné. Je ne vois pas le rapport.

D'un mouvement du menton, j'ai désigné ce trou d'eau répugnant qui s'ouvrait presque sous nos pieds.

— Il faut un sacré courage pour se jeter là-dedans après s'être attaché un morceau de ferraille au cou, ai-je fait remarquer.

Liviu s'est gratté la tête.

— Je ne crois pas que le courage ait grand-chose à voir là-dedans, a-t-il dit d'un ton morne.

Il s'est tu un instant, absorbé dans ses réflexions, puis il a repris, d'une voix plus nerveuse:

— Je me suis souvent demandé s'il ne finirait pas par mal tourner.

— Sa fin n'a pas été très heureuse.

— Ce n'est pas ce que je veux dire, a répliqué Liviu. Georges se sentait tellement incapable d'agir par lui-même que j'ai longtemps pensé qu'il finirait par se laisser entraîner à faire n'importe quoi par n'importe qui, rien que pour se sentir quelqu'un.

J'aurais été bien en mal de soutenir le contraire. Pourtant, il m'a tout à coup semblé déceler, dans le ton de Liviu, moins un questionnement qu'une certitude dont il attendait une confirmation de ma part.

Était-ce un piège?

— Il y a ces trois types, a-t-il repris avec cette fois une vibration dans la voix que je n'avais pas encore perçue. Avec des noms ridicules. On m'en a parlé. Ça pue le trafic de drogue à plein nez, ou quelque chose de ce genre. Tu les connais, je suppose, ils fréquentent la même école que toi.

La mâchoire de Liviu était crispée tout à coup. Le frère compatissant et sympathique d'une victime innocente se muait à présent en un individu gagné par la haine.

Je me suis demandé si, depuis le début de notre conversation, Liviu ne m'avait pas menée en bateau. S'il n'en savait pas plus long qu'il n'avait bien voulu le laisser paraître.

Dans quel but?

8

MENACES

Toute la nuit, j'ai ruminé ces pensées.

Après avoir évoqué le Trio et la revente de drogue, Liviu a brusquement tourné les talons et il est reparti d'un pas vif en direction de Verdun.

Est-ce que je suis vraiment naïve? Le frère de Georges a pourtant raison. La violence, par ici, a toujours la même origine. Rixes entre trafiquants, bagarres pour le contrôle d'une zone, d'un produit, d'un marché. Tout ça pour un peu de poudre magique. Magie noire, hélas…

Pogo et Smoked Meat se seraient vite lassés des petits jeux auxquels ils se livraient avec Georges si ces derniers n'avaient été que ça, justement: des jeux. Ils n'ont plus l'âge de l'innocence. Les choses sont vraisemblablement allées beaucoup plus loin.

Profitant de son visage d'ange et de sa capacité à passer inaperçu, le Trio n'a pu qu'être tenté d'utiliser Georges comme convoyeur. Ils l'ont testé avec quelques affaires innocentes, comme les vols dans les dépanneurs, pour ensuite passer à la vitesse supérieure.

Et puis, forcément, ils se sont aperçus que jouer au gangster, ça demande des compétences un peu plus développées que de chiper des bouteilles de bière ou de piquer dans une caisse enregistreuse. Là, on parle de crime organisé. Un gang véritable s'est sans doute senti menacé par les agissements du Trio n° 4 et il a voulu donner une leçon à des amateurs. Ou bien, tout simplement, les supprimer.

Tout me paraît clair à présent! Crimes ou tentatives de crime maquillés en suicide ou en accident pour éviter que la police ne s'y intéresse de trop près, crimes signés néanmoins (les fameuses lames évoquées par Jo), mais de telle façon que seuls les initiés puissent comprendre la signature: ça sent le règlement de compte.

Il n'y a pas de place pour les amateurs dans le monde de la drogue. Personne n'y gagne sauf les gros bonnets, ceux qu'on ne prend jamais, qui ont des bureaux dans le centre-ville et passent la moitié de l'année sur un yacht où ils invitent un ou deux politiciens, parfois, quand ils ont besoin de diversifier leurs activités ou de redorer leur image.

Tous les autres – les petits, les intermédiaires, ceux qui ont au-dessous d'eux un plus petit encore qui cherche à prendre leur place et au-dessus un chef qui craint pour sa propre position et qui fera tout pour s'en débarrasser si ça tourne mal –, tous ceux-là finissent tôt ou tard dans un canal ou un terrain vague, avec de l'eau plein les poumons ou une lame dans la poitrine.

Ce qui me fait mal, c'est que Toni soit mêlé à tout ça. Comment l'aider ? Il se croit fort parce qu'il n'a jamais rencontré d'autres ennemis que ses adversaires au gymnase et qu'il aime bien rouler des mécaniques à l'école, mais là, il a mis le pied dans une sale histoire qui le dépasse.

La dégradation de ses rapports avec Pogo et la méfiance que Jean-Baptiste a manifestée envers lui signifient peut-être qu'il était en train de prendre ses distances avec le Trio, mais ça peut aussi vouloir dire que tous les trois nagent dans les ennuis jusqu'au cou et que chacun tente de tirer son épingle du jeu au détriment des autres.

Si au moins Toni acceptait de se confier à moi ! Hélas, je sais que les chances sont minces…

Ma dernière possibilité d'en savoir plus aujourd'hui serait de réussir à faire parler Jo avant la fin des cours. Demain, ce sera le week-end et il sera trop tard : je n'ai jamais pu savoir ce que Jo pouvait bien fabriquer du vendredi soir au lundi matin.

Est-ce qu'il trafiquait lui aussi avec Georges et le Trio ou n'était-il qu'un confident occasionnel de Georges ? Ce qui me semble certain, c'est qu'il en sait plus long sur les activités de ce dernier et des trois autres qu'il n'a bien voulu me le dire.

Aussitôt mon petit-déjeuner avalé, je sors de chez moi et me dirige vers la rue Saint-Rémi, espérant croiser Jo sur le chemin de l'école. Maniaque comme il est, il suit toujours le même trajet, par la rue Saint-Ambroise, qui passe derrière le château hanté et la brasserie McAuslan.

Je reconnais sa silhouette de loin. Voûtée, hésitante. Il a l'air encore plus accablé que d'habitude. Je suis à la hauteur du chemin qui mène au canal lorsque je l'aperçois. Lui, perdu dans ses pensées, ne m'a pas vue. Afin de ne pas lui donner la possibilité de revenir sur ses pas s'il veut se dérober, je m'engage dans le chemin : il ne me verra ainsi qu'au dernier moment.

Le temps me paraît long. Je me demande s'il n'a pas changé quand même de direction.

Puis, alors que j'allais ressortir dans la rue, le voilà qui surgit sur le trottoir.

— Jo!

J'aurais crié «au feu!» qu'il n'aurait pas été plus surpris. Jo s'est immobilisé et me regarde comme si j'étais la Méduse en personne.

— Ne fais pas cette tête, Jo. Je voulais simplement discuter tranquillement avec toi. Je peux t'accompagner?

Il acquiesce d'un vague mouvement de tête et nous nous remettons en marche, à pas lents, en direction de l'école. J'hésite entre poser franchement mes questions, au risque de le brusquer et de le voir se refermer comme une huître, ou biaiser habilement, et d'en être encore aux préliminaires lorsque nous serons parvenus à l'école.

À mon grand étonnement, c'est Jo qui brise la glace:

— Tu veux me demander si je sais qui a tué Georges, c'est ça?

Je m'attendais à tout sauf à cette question.

— Si tu le savais, Jo, je suppose que tu l'aurais dit à la police.

Jo secoue la tête.

— Tu ne comprends pas, Sara. Je ne peux rien dire à qui que ce soit, je te l'ai déjà expliqué. Je finirais dans le canal moi aussi avant la fin de la journée. Et de toute façon, je n'ai aucune preuve, on ne me croirait pas.

— Moi, je le ferais, Jo!

J'ai presque crié. J'admets que Jo ait peur de la police, qu'il ait peur du Trio, qu'il ait peur du monde entier. Mais je suis déçue, et même un peu vexée, qu'il me fasse aussi peu confiance.

— Tu me croirais peut-être, répond-il, mais tu irais tout répéter à Toni. C'est ton ami.

— Toni n'est pas mon ami. J'aurais aimé qu'il le soit, je l'avoue, mais ce n'est pas le cas. Il me traite comme une gamine. D'ailleurs, je ne lui ai rien dit pour le couteau.

— Le couteau?

— La police en a trouvé un près de Jean-Baptiste, dans l'usine. Du même genre que celui que tu as ramassé près de l'écluse. Elle a interrogé Toni là-dessus, mais il n'avait pas l'air de savoir quoi que ce soit sur la question. En tout cas, je n'ai pas mentionné ta propre découverte.

— Tu me l'avais promis.

— Bien sûr, Jo. Et je tiens mes promesses, tu vois.

Jo hoche doucement la tête. Nous sommes tout près l'un de l'autre, nos épaules se touchent presque. Ma main effleure la sienne. Le mouvement est involontaire, mais il semble électriser Jo. Il s'arrête brusquement et tourne enfin les yeux vers moi.

— Tout ce que je sais, souffle-t-il comme s'il se libérait d'un poids, c'est que Georges a été tué. Mais je ne sais pas par qui. Il s'était embarqué avec le Trio dans une histoire qui le dépassait complètement et il ne savait pas comment s'en sortir. Ça, il me l'a dit lui-même.

— Trafic de drogue ?

— Je n'en sais rien, mais c'est possible. Il y avait des problèmes dans le Trio, aussi. Pogo pensait que Georges en savait trop mais qu'il n'était pas fiable et qu'il pouvait être dangereux. Smoked Meat et lui se disputaient à ce sujet. Et puis, il y avait les autres…

Jo se tait. Il se remet à marcher. Je le rattrape et lui pose la main sur l'épaule.

— Quels autres ?

Jo se dégage comme si j'avais eu l'intention de l'immobiliser alors que je ne voulais, par mon geste, que le mettre en confiance. Il grogne :

— Je ne sais pas, Sara. Je ne les connais pas.

— Alors pourquoi en parles-tu ?

Jo s'arrête de nouveau. Il regarde autour de nous. La rue est déserte. Il reprend à voix basse.

— J'ai surpris une conversation que je n'aurais jamais dû entendre, c'est tout. Mais s'il y a une fuite, ils sauront que c'est moi. Pogo saura que c'est moi. J'ai l'impression qu'il m'a vu...

— Je te promets que je ne répéterai rien, Jo. Et puis, si tu veux vraiment te protéger parce que tu sais quelque chose, il vaut mieux partager ce savoir.

Jo se gratte un instant la joue, puis il soupire.

— C'était près du château hanté, la semaine dernière. Il était tard et il faisait déjà sombre. J'étais assis près du grillage. Je vais souvent par-là le soir, quand je n'ai pas envie de rentrer chez moi. Des types sont arrivés et je... j'ai eu peur. Je me suis caché complètement et je n'ai pas vu qui ils étaient. Mais au bout d'un moment, j'ai clairement reconnu la voix de Pogo. Le ton n'était pas vraiment chaleureux. Les voix étaient menaçantes et Pogo était plutôt sur la défensive.

— Ils étaient nombreux ?

Jo hésite un instant.

— Je ne sais pas. Plusieurs, il m'a semblé, mais un seul parlait, en fait. Le chef, je présume. Il disait qu'il n'y avait pas de place pour deux groupes dans le quartier, que Smoked Meat était un emmerdeur et qu'il allait s'attirer de gros ennuis s'il continuait comme ça.

— Pogo l'a défendu?

— Non, justement. Je pense qu'il n'était pas venu pour ça. Ce que j'ai compris, c'est que les autres voulaient qu'il prenne la place de Smoked Meat et se soumette à eux. Comme s'ils lui proposaient de l'aider à prendre le pouvoir à condition de travailler pour eux.

— C'est dégoûtant. Toni est au courant?

— Je n'en sais rien, mais j'imagine que non. Je crois même que…

Jo me regarde d'un air douloureux, comme s'il regrettait de m'en avoir trop dit. Je crains hélas de deviner la suite. Je presse légèrement son bras pour l'encourager à continuer.

— Je crois même que la troisième lame sera pour lui, fait-il d'une voix marquée par la peur.

C'est à mon tour de frémir. Que ce soit Pogo l'ignoble auteur de la mort de Georges et de la tentative contre Jean-Baptiste, c'est ce que j'avais déjà supposé. Mais je suis fixée maintenant sur le rôle de Toni dans l'affaire. Il n'y est pour rien. Ce point me soulage.

Mais il est en danger et, si Pogo n'est pas certain de faire le poids seul contre lui, le fait qu'il soit soutenu par une bande adverse n'a rien de rassurant.

Cependant, j'ai promis à Jo de ne rien révéler de ce qu'il vient de me confier. Vais-je donc laisser Toni courir un danger dont il ne semble même pas conscient? Comment l'avertir sans attirer l'attention sur Jo qui, lui, n'a aucun moyen de se défendre?

Jo doit deviner mon dilemme. Il est mal à l'aise et regrette peut-être de m'avoir fait ses confidences. Nous ne sommes plus très loin de l'école. Brusquement, il me tourne le dos et s'éloigne vers la gauche, dans la rue de Courcelles.

Il ne souhaite pas qu'on nous voie arriver ensemble et je le comprends. Qu'a-t-il à craindre, pourtant? Je peux informer Toni de ce qui l'attend sans dévoiler mes sources. Il n'aura aucune raison de soupçonner l'origine de mon information. Au pire, je pourrai prétendre avoir entendu moi-même la conversation rapportée par Jo.

Non, ça ne marchera pas. Il ne me croira jamais. Il voudra savoir qui m'a fourni les renseignements et je ne suis pas certaine de pouvoir en cacher la source très longtemps. J'ai toujours eu la réputation d'être une personne qui dit ce qu'elle pense, et je ne suis pas très bonne pour mentir.

Protéger l'un en mettant l'autre en danger ? Qui choisir ?

9

DOUBLE JEU ?

Il m'a été impossible d'approcher Toni de toute la journée. Pogo et lui avaient l'air de véritables sauvages, s'évitant comme chien et chat.

Pour le reste, l'ambiance était à couper au couteau. Jo faisait comme s'il ne me connaissait pas, et j'avais l'impression que tout le monde espionnait tout le monde, que tout le monde soupçonnait tout le monde.

De quoi ?

Si j'aborde ostensiblement Toni, me disais-je, Jo va s'évanouir au beau milieu de l'école. Et quand je surprenais les regards que Pogo décochait de temps en temps à Toni – que ce dernier lui rendait fort bien d'ailleurs –, il me semblait que personne n'aurait aimé se trouver entre les deux quand ça allait exploser.

Il n'y avait donc rien à faire tant que nous serions à l'école. J'en ai été réduite à ronger mon frein toute la journée, dans une atmosphère de haine contenue et de méfiance mesquine.

Après la dernière classe, Philippe, notre professeur de français, a demandé à me parler. Je ne pouvais pas refuser, mais ça m'a contrariée parce que j'avais prévu de suivre Toni discrètement à la sortie des cours dans l'attente d'une occasion de l'aborder loin des regards indiscrets.

Philippe ne m'a pas retenue très long-temps – une histoire de baisse dans mes notes et dans ce qu'il appelle mon assiduité (il m'a même demandé si j'avais des problè-mes personnels ou familiaux, ce que j'ai bien évidemment nié) – mais lorsqu'il m'a libérée, ils avaient disparu. J'entends par là autant Jo que Toni et Pogo.

J'ai traîné dans les rues du quartier pen-dant des heures, sans oser me rendre chez Jo, qui ne m'aurait sans doute pas répondu, mais passant et repassant au moins dix fois devant la porte du petit immeuble de la rue Workman où habite Toni.

Une idée fixe s'était emparée de moi: Pogo dissimulait dans une de ses poches un couteau neuf – la troisième lame! – et il n'attendait que le moment propice pour le planter dans le dos de Toni.

Plus le temps passait, plus mon angoisse croissait. J'étais comme folle, persuadée que moi seule pouvais sauver Toni d'une mort imminente. L'indifférence des gens que je croisais dans la rue me paraissait intolérable, criminelle, presque. Ils ne se rendaient donc pas compte qu'un tueur rôdait dans les environs ?

Dans la soirée, je me suis approchée de deux enfants qui jouaient près de l'immeuble où vit Toni. Je leur ai demandé s'ils le connaissaient. Les gamins m'ont toisée du haut de leur taille de gnome avant de me répondre avec une sorte d'arrogance grotesque que Toni était leur ami.

— Et où est-il, votre ami ? ai-je lancé avec un brin d'ironie.

L'un des deux morpions m'a répliqué avec mépris, en pointant son front d'un doigt sale :

— C'est pas écrit «police», ici.

C'est là que Toni est apparu au coin de la rue. Il commençait à faire sombre et, en me reconnaissant, il a eu comme un mouvement de recul. Puis il s'est dirigé vers moi d'un pas nerveux. Il avait l'air dévasté.

— Hé, Mozza ! s'est écrié le gamin qui semblait le plus dégourdi des deux. La police te recherche !

Toni lui a jeté un regard noir. J'ai cru lire de la peur dans ses yeux. Mais le petit emmerdeur a ricané en me désignant d'un hochement de tête.

— Fiche-nous la paix, a répliqué Toni en lui faisant un geste menaçant qui ne l'a guère impressionné.

Puis, se tournant vers moi, il a ajouté d'un ton las :

— Et toi, Sara. Qu'est-ce que tu me veux, encore ?

— Que tu vives...

Quelques minutes plus tard, nous nous retrouvons sur un banc, de l'autre côté du canal, presque sous le pont métallique de la rue Charlevoix, en face du restaurant *Magnan*.

La raison pour laquelle Toni m'a emmenée là est que, selon lui, l'endroit n'est fréquenté que par des mémères à chiens-chiens dont il n'y a pas à se méfier et qu'il pourrait me parler tranquillement.

« Il se méfie donc », ai-je pensé.

Pourtant, ce n'est pas sur le ton de la confidence que la conversation avait débuté.

— Écoute, Sara, a-t-il commencé alors que les deux gamins continuaient à me narguer à distance, je t'aime bien mais tu commences à m'énerver sérieusement. Ma mère y suffit, ce n'est pas la peine d'en rajouter.

Puis il a légèrement baissé la voix et il a continué :

— Je ne sais pas ce que tu t'imagines, mais je voudrais que tu m'expliques clairement et une fois pour toutes d'où tu sors ces menaces nucléaires qui pèsent sur moi. À t'entendre, on dirait que j'ai à la fois Ben Laden et l'armée des États-Unis aux trousses.

Je me suis sentie vexée de ce qu'il puisse me comparer à sa mère et je me suis un peu renfrognée. Puis, quand même, je lui ai dit ce que j'avais sur le cœur. J'ai évoqué, sans mentionner le nom de Jo, une partie de ce qu'il m'avait appris le matin même, en insistant particulièrement sur la trahison de Pogo au profit de la bande adverse.

— Qui t'a raconté ça ? s'est-il exclamé en ouvrant de grands yeux.

Je n'arrivais pas à discerner si sa surprise était due à ce que je venais de lui révéler ou au fait que j'étais au courant d'un secret que je n'aurais jamais dû connaître.

— Personne en particulier, ai-je répondu avec un geste évasif. Ce sont des bruits qui courent à l'école depuis quelques jours. Mais ça explique bien des choses.

Il m'a regardée bizarrement, puis il m'a demandé de le suivre et c'est ainsi que nous nous sommes rendus de l'autre côté du pont.

Pendant tout le trajet, il n'a pas dit un mot. Il marchait rapidement et j'avais du mal à le suivre. Mais il est plus calme, maintenant, et il me semble qu'il s'est enfin décidé à mettre cartes sur table.

— Écoute-moi bien, Sara, fait-il posément. Qu'une chose soit bien claire : le Trio n° 4 n'était *pas* un gang de rue. Je ne prétendrai pas que je ne fume pas à l'occasion, personne ne me croirait. Même chose pour Pogo ou Smoked Meat – et pour la plupart des gens que je connais, d'ailleurs. Même le premier ministre a fumé des joints dans sa jeunesse. Mais jamais nous n'avons touché au trafic de quoi que ce soit. Si c'était le cas, dis-toi bien que je ne serais pas là à perdre mon temps pour en discuter avec toi.

Toni a l'air sincère. Mais il oublie un détail.

— Et Georges ?

— Encore lui ! s'écrie Toni avec colère. Des enfantillages, voilà de quoi il s'agit. D'accord, on est allés un peu loin avec lui, un peu fort peut-être, mais tu avoueras qu'il le cherchait, non ? C'est Georges lui-même qui se mettait dans des situations pareilles. Il était fou, tu peux comprendre ça? C'était un détraqué, un malade. On n'a pas eu besoin de le pousser pour qu'il se jette à l'eau. Même la police est d'accord. Alors pour une fois, on ne va pas chialer.

La violence soudaine de Toni me fait sursauter. Il n'a pas l'air de jouer la comédie. En même temps, je me dis que s'il réagit comme ça chaque fois que je fais référence à Georges, c'est bien la preuve qu'il y a avec lui un problème plus grave que de simples «enfantillages».

— Toni, fais-je d'une voix posée, je voudrais seulement comprendre. Essaie de me répondre sans te fâcher, pour une fois. Admettons que la mort de Georges n'ait rien à voir avec le Trio, admettons qu'il se soit lassé de ces «enfantillages», comme tu dis, et qu'il ait décidé de son propre chef d'en finir avec une vie qui lui pesait trop. Très bien. Mais l'agression contre Jean-Baptiste, comme l'expliques-tu?

Toni n'a pas l'air très sûr de lui. Il demeure pensif assez longtemps avant de répondre.

— Smoked Meat, lâche-t-il enfin d'un ton fatigué en secouant légèrement la tête. On ne saura sans doute jamais. Il est mort...

— Quoi?

— Je reviens de l'hôpital, Sara. Il a perdu conscience dans l'après-midi. Le décès a été confirmé ce soir même, quelques minutes avant que je n'arrive à sa chambre.

Un long silence nous sépare, tandis que la nuit nous enveloppe. Deux morts déjà… Pour la police, un suicide et un accident. Mais, à présent, Toni ne peut plus repousser la vérité.

Pour Jean-Baptiste, du moins, il n'est pas question d'un accident. On l'a poussé, c'est évident. S'il n'a rien dit à la police, c'est parce qu'il connaissait son agresseur et qu'il voulait se venger lui-même.

— Un genre d'affaire d'honneur, si tu veux, commente Toni. Mais si c'était Pogo le coupable, Jean-Baptiste m'en aurait parlé pour que je puisse l'aider. Le Trio fonctionne ainsi. Les étrangers n'ont pas à se mêler de nos histoires, mais entre nous, nous ne nous cachons rien.

— Peut-être qu'il ne l'a pas reconnu, cet agresseur ?

Je n'ose pas insinuer que Jean-Baptiste soupçonnait peut-être Toni, comme je le pensais déjà hier soir, mais ce dernier ne paraît même pas envisager l'hypothèse.

— Un homme masqué ? reprend-il avec un sourire sarcastique. Un homme invisible ?

Tu plaisantes, Sara. Non, bien sûr qu'il savait qui a voulu le tuer, il n'était pas idiot. J'ai essayé de le cuisiner un peu hier, mais sans succès. Il est demeuré évasif, énervé. Fuyant.

— Ça ne lui ressemble pas.

— Pas du tout, tu as raison. Son rôle dans ce qui s'est passé au château hanté mercredi soir est loin d'être clair. Ce que j'ai fini par en conclure, c'est que lui-même n'était pas tout blanc dans cette histoire. Que… comment dire ? Que ce n'était peut-être pas lui la victime prévue.

— Je ne comprends pas.

— Il y a eu tentative de meurtre, nous sommes d'accord, mais pas comme on le pense au premier abord. S'il a refusé d'en parler, même à moi, c'est parce qu'il ne voulait pas dévoiler quel avait été son vrai rôle dans l'affaire. Et je ne vois qu'une solution : il n'était pas l'agressé, mais l'agresseur !

— Je comprends encore moins…

— Je ne suis pas certain de ce que j'avance, Sara, et je te demande donc de garder ça pour toi. Je pense que Jean-Baptiste a fait quelque chose de moche, de vraiment moche, et que quelqu'un l'a su. L'a fait chanter, peut-être. Jean-Baptiste a pété les plombs et il a voulu le supprimer, ou seulement l'effrayer, qui sait. Il a attiré ce quelqu'un à l'usine, il y a eu bagarre, probablement. Mais, au contraire de ce qu'il avait prévu, c'est Jean-Baptiste qui a perdu.

— Ce quelqu'un, c'est Pogo, n'est-ce pas ?

— Je ne crois pas. C'est peut-être ce que Jean-Baptiste a essayé de me faire croire avec ses insinuations pour éluder mes questions, mais j'ai des doutes. Si c'était le cas, j'aurais forcément remarqué quelque chose, je les connais assez bien tous les deux et je ne suis pas un crétin. Jean-Baptiste m'a caché la vérité, ou une partie de la vérité. Il y a quelqu'un d'autre dans cette histoire. Quelqu'un qui reste dans l'ombre.

Cet aveu est étrange. Je me demande si Toni était si bien intégré que ça au Trio n° 4, et s'il en connaissait vraiment tous les agissements, comme il le prétend. Ne servait-il pas plutôt aux deux autres de couverture ? Il est loin d'être un intellectuel, mais il est quand même d'une autre classe que Pogo ou Smoked Meat, deux authentiques gibiers de potence, à mon humble avis, mais sans envergure.

Ces derniers se seraient-ils joués de lui depuis le début en feignant de l'accepter parmi eux ? Ou la déviance du Trio vers une délinquance plus dure n'est-elle apparue que plus tard dans le groupe, plus ou moins à son insu?

En tout cas, il est clair que Toni ne sait pas tout de ce qui se tramait entre Pogo et Smoked Meat. L'apparition d'un autre personnage dans le paysage, que Jean-Baptiste lui-même se refusait à dénoncer et dont Toni semble ignorer l'identité, le confirme amplement.

Toni est à présent perdu dans une rêverie un peu amère. Il me paraît presque touchant. Saisit-il qu'il a été berné? Que, sans qu'il le sache, le Trio avait des activités desquelles il était tenu à l'écart? Georges lui-même, loin d'être seulement la victime innocente que je croyais, y jouait-il un rôle beaucoup plus important qu'on ne l'aurait imaginé?

J'ai presque envie de prendre la main de Toni, de le consoler. Il a l'air d'un enfant. Lui qui me dépasse de deux têtes et pourrait me prendre sous son bras comme un paquet de sucre…

Tout à coup, il tourne la tête vers moi et murmure:

— Sara, toi aussi il y a des choses que tu ne me dis pas.

La voix est grave et le ton est presque menaçant. Je suis déchirée. Je voudrais lui révéler l'histoire des trois lames, mais je ne peux pas. Je ne peux pas trahir Jo.

D'ailleurs, il sait déjà qu'un couteau a été retrouvé près de Jean-Baptiste, puisque la police le lui a montré. Or il n'a pas réagi. L'indice ne signifiait donc rien pour lui. Pourquoi lui compliquer les choses?

Je sais malgré tout que ces remarques ne sont pour moi que des justifications à mon mutisme et que je m'enferre de plus en plus dans mon propre piège.

Pourtant, je pourrais peut-être l'aider. J'ai le sentiment que cet homme mystérieux dont l'ombre plane sur toute l'affaire ne m'est pas complètement inconnu...

10

L'OMBRE DU VENGEUR

Je suis rentrée chez moi en laissant Toni à ses questions. Les miennes me suffisent amplement. Je n'ai pas voulu lui faire part de mes soupçons, qui ne sont fondés que sur une intuition et ne l'auraient guère fait avancer dans sa compréhension des événements. Ils ne pourraient le pousser qu'à faire des bêtises...

En toute sincérité, je ne crois pas qu'il m'ait menti. Son ego en prendrait un fameux coup s'il devait l'admettre, mais Toni est tout à fait en dehors de l'affaire, j'en suis à présent convaincue.

Cependant, si je veux bien admettre qu'il n'était pas au courant des magouilles que Pogo et Smoked Meat ont tramées dans son dos, même s'il se refuse à l'accepter lui-même – ce que je comprends –, il me semble évident à présent que Georges était mêlé à quelque chose de plus grave que de simples vols de bouteilles de bière.

Une tentative de prise de contrôle du Trio par une bande adverse n'aurait pas pu se produire sans que Toni en ait eu vent. Les guerres de gangs ne se déclarent pas sur fond de diplomatie ou de discussions secrètes : elles commencent par des menaces, des provocations, des actes d'intimidation. Il s'en serait forcément aperçu.

Admettons, encore une fois, que la mainmise sur la revente de drogue dans le secteur ne soit pas à la base de l'affaire. Après tout, Jo lui-même ne m'a rien dit de tel, c'est moi qui l'ai supposé et il s'est contenté d'approuver mollement sans émettre d'opinion. Et puis, il y a mille moyens d'exercer des activités criminelles en dehors du trafic de stupéfiants.

Admettons également qu'il n'y ait pas de gang ennemi en présence. Là encore, Jo n'était pas certain du nombre des inconnus qui ont rencontré Pogo au château hanté quelques jours avant la mort de Georges, et il se peut fort bien qu'il n'y en ait eu qu'un seul. Il n'a entendu que deux voix distinctes, dont celle de Pogo.

Il reste donc en lice un adversaire mystérieux, qui en veut mortellement aux membres du Trio. Tandis que Toni me parlait, je voyais se former l'image d'un homme qui, probablement, ne fait pas partie de notre entourage immédiat mais serait plutôt lié, d'une manière ou d'une autre, à Georges.

Tant que l'affaire ne tournait autour que du seul Trio et de Georges, chacune de mes hypothèses expliquait un aspect de l'intrigue mais entrait en contradiction avec le reste. L'énigme des trois lames, notamment, restait incompréhensible dans tous les cas de figure.

C'est ce chiffre trois qui m'a longtemps posé problème, ainsi que les destinataires des lames. Si Georges et Jean-Baptiste étaient les deux premiers visés, qui serait le troisième, Toni ou Pogo ?

Tant que je tenais Pogo pour le coupable, les chiffres concordaient : Georges en premier, puis Jean-Baptiste, et enfin Toni. Mais là où mon raisonnement achoppait, c'est qu'il impliquait que le projet de Pogo de supprimer ses trois acolytes était planifié de longue date.

Bien que Pogo me semble capable de tout, et surtout du pire, il ne saurait imaginer et mettre au point une machination de cette envergure. Pogo est une brute, un instinctif. Même en tant que boxeur, il est incapable de stratégie. Frapper fort, oui. Penser, non.

Il est pourtant indéniable qu'une pensée très précise est à l'œuvre chez le meurtrier du canal.

Si on écarte l'hypothèse d'un règlement de compte entre membres de gangs de rue, je ne vois qu'un mobile qui puisse pousser à agir de la sorte: la vengeance.

J'ai alors pensé à Liviu.

L'idée n'était pas facile à admettre, car elle sous-entendait que Georges avait été la victime de son frère, victime annoncée puisque Georges lui-même avait averti Jo qu'il y aurait «trois lames».

Or, si je retenais l'idée de Liviu comme vengeur de son frère, les trois lames auraient dû être destinées aux trois membres du Trio n° 4. Comment Jo avait-il pu en ramasser une près de l'écluse? Pourquoi Liviu aurait-il tué son frère? Et lequel des membres du Trio serait épargné puisqu'il n'était question que de trois lames?

Ça ne tenait pas. Liviu lui-même, la veille, m'avait parlé de «ces trois types avec des noms ridicules», qu'il semblait avoir parfaitement identifiés. Il ne semblait donc pas exclure Toni du groupe qu'il accusait de l'infortune de son jeune frère.

J'y réfléchissais, alors que je longeais le canal en direction de chez moi. Voyons, me disais-je, c'était Georges qui, encore vivant, avait parlé des trois lames. La mise en place de la machination diabolique avait donc précédé sa propre mort.

Ne s'agissait-il pas plutôt, en fait, d'une simple menace? Voilà qui serait plus logique. Ainsi, peu à peu, tandis que je marchais à pas lents, une intrigue cohérente se dessinait dans mon esprit.

Liviu, revenu de l'Ouest, retrouve son frère qu'il n'a pas vu depuis des années. Il découvre que celui-ci est sous l'emprise d'un groupe de jeunes *taxeurs* qui l'entraînent dans une voie fatale tout en se moquant de lui de manière ignoble.

Georges ne maîtrise plus sa vie. Faible et rêveur, il est incapable de se soustraire par lui-même à leur pression. Son aîné le met en garde, il veut le protéger, le libérer. Il lui annonce même qu'il réservera «trois lames» à ses tourmenteurs s'ils ne le laissent pas tranquille.

Il tente aussi de discuter avec Pogo, au cours d'une rencontre discrète dont Jo, caché tout près de là, a perçu des bribes qu'il a interprétées avec plus ou moins d'exactitude selon ses propres fantasmes.

Mais rien n'y fait et l'irréparable survient. Georges disparaît au fond du canal, une pièce de métal attachée au cou.

Ce n'est plus le temps des menaces ou des avertissements. Liviu est d'origine roumaine. C'est un Latin. La vengeance, pour lui, n'est pas un vain mot. J'ai d'ailleurs bien perçu la haine qui l'animait lorsqu'il a évoqué le Trio, hier soir, avant que nous ne nous séparions.

Liviu est fou de rage, mais il reste froid et calculateur. Il s'arrange pour attirer Jean-Baptiste dans les ruines de Canada Malting afin de lui régler son compte. Pour cela, il se sert peut-être de Pogo, espérant brouiller les pistes et endormir la méfiance de sa victime.

Liviu n'est pas un simple cogneur, comme les petites frappes du Trio n° 4. Il est habile et prévoyant. Après la mort de son frère, dans le but d'égarer les soupçons de la police si celle-ci venait à faire le lien entre lui et l'œuvre de justicier qu'il prépare, il dépose un couteau près de l'écluse, un de ces couteaux identiques dont il va signer par la suite ses « exécutions ».

Les enquêteurs, pense-t-il, seront ainsi amenés à mettre le meurtre de Georges sur le même plan que celui de ceux qui l'ont harcelé jusqu'à la mort. Ils verront là la signature d'une bande rivale et Liviu restera dans l'ombre.

Premier problème : pourquoi Jean-Baptiste n'a-t-il pas voulu dénoncer Liviu après lui avoir échappé ? Parce que, comme le suggère Toni, c'était lui l'agresseur ? Non, bien sûr.

Cette hypothèse de Toni vient du fait qu'il ignore peut-être même jusqu'à l'existence du frère de Georges.

La réponse la plus plausible, pour moi, est que Liviu ne s'est pas fait reconnaître, ou qu'il s'est présenté à lui, comme à Pogo quelques jours plus tôt, en tant que membre d'un gang rival. Jean-Baptiste, dans ce cas, ne dira rien à la police. L'affaire, pour lui, doit rester « entre hommes ».

La liquidation de Smoked Meat a failli échouer, mais elle est maintenant accomplie. Liviu n'en restera pas là. Pogo sera sans doute le suivant. Pourquoi lui ? Parce que, je suppose, le vengeur procédera par ordre et que Pogo était clairement le bras droit de Smoked Meat.

Je n'aime pas Pogo, je l'avoue, même si je ne souhaite pas sa mort. Ce qui me fait frémir, en fait, c'est l'idée que le dernier sera Toni. Que lui aussi sera exécuté. Ça, je ne peux pas l'accepter.

Une fois rentrée à la maison, pourtant, je dois admettre que je suis dans l'incapacité complète d'agir, ou même de prendre une simple décision.

Quelle stratégie adopter ? Dénoncer Liviu pour protéger Toni ? Ce serait injuste. Et ce serait donner raison à Pogo, par qui je suis persuadée que tout est arrivé.

Il ne fallait pas que Georges finisse ainsi son existence, il ne fallait pas faire de sa vie un enfer.

Je ne suis pas certaine qu'il existe vraiment une justice en ce monde, qu'elle prenne la forme d'une vengeance personnelle ou qu'elle soit dispensée par des tribunaux dont je n'ai jamais tout à fait compris comment ils fonctionnaient et pour le bénéfice de qui. Mais il y a des actes plus sales que d'autres.

On ne tue pas par jeu. On n'écrase pas une vie sous prétexte qu'elle ne vaut rien. Le Trio a mal agi et il mérite d'être puni. Mais Toni était à part. Il s'est laissé entraîner. Il n'y a pas d'un côté le Bien et de l'autre le Mal. Ni Liviu ni Toni ne peuvent se définir selon des critères aussi tranchés et aussi subjectifs. D'ailleurs, Georges non plus n'était pas tout blanc.

Et moi? Moi qui persiste à taire le peu que je sais du mystère…

Je me tourne et me retourne dans mon lit, incapable de me situer moi-même dans cette affaire, incapable d'organiser une pensée cohérente. Élans du cœur, sympathie pour l'un, antipathie pour l'autre. Préjugés…

Des voix, des yeux, des amis, des connaissances. Des sentiments...

On ne juge pas avec des sentiments.

Je ne veux pas juger, d'ailleurs. Je n'en ai pas le droit. Je voudrais que tout ça s'arrête. Que tout ça n'ait jamais eu lieu.

Rien à faire, hélas. Georges est mort, Jean-Baptiste également, Pogo et Toni sont en sursis. Et moi-même, je ne peux que pleurer. Pleurer comme une petite fille...

11

LA TROISIÈME LAME

Il faut que je retrouve Liviu. Il faut que je lui parle. C'est le seul moyen d'arrêter tout ça.

Mais je ne sais pas comment. J'ignore son nom de famille, puisque je n'ai jamais su celui de Georges. Véronique, au secrétariat de l'école, pourra me renseigner, mais ce ne sera pas possible avant lundi matin. Deux longues journées, deux longues nuits à attendre dans l'angoisse. Pogo et Toni survivront-ils à ce week-end?

Quant à chercher au hasard, arpenter les rues de Verdun en espérant y tomber, avec une chance inouïe, sur Liviu, ce n'est pas de l'espoir, c'est du délire.

Je ne vois qu'une solution: demander à Jo. Lui seul était assez proche de Georges pour connaître son adresse, ne serait-ce que pour l'avoir accompagné ou suivi une fois, peut-être, jusque chez lui.

L'ennui, c'est que je n'ai pas la moindre envie de sonner à sa porte ce matin. Peur de tomber sur... Sur quoi?

Je sais peu de choses de lui, dans le fond, sauf qu'il déteste sa famille. Et que celle-ci se réduit à une mère alcoolique, obèse et tyrannique, qui se fait livrer sa bière à domicile et ne sort de chez elle qu'une fois par mois pour toucher son chèque d'aide sociale. Ou, plus rarement, pour aller se faire désintoxiquer...

Jo a une angoisse dans la vie – parmi d'autres –, celle de devoir rentrer chez lui le soir. C'est pourquoi, les jours de semaine, il traîne dehors le plus tard possible, évitant s'il le peut la compagnie des autres, promenant sa solitude le long du canal ou dans un des nombreux squares de Saint-Henri. Un autre Georges...

Mais le week-end? Je n'ai jamais rencontré Jo à Saint-Henri en fin de semaine. Jamais je ne l'ai cherché, non plus, je l'avoue. Le fait est qu'il n'apparaît dans aucun des endroits que je fréquente moi-même. Se terre-t-il chez lui jusqu'au lundi, après avoir quitté l'école le vendredi soir? J'en doute.

Je l'ai parfois aperçu à la bibliothèque municipale, en revanche. Le seul monde qui l'intéresse est celui des livres. Peut-être est-ce là que j'aurai des chances de le trouver.

L'ennui, c'est que la bibliothèque de Saint-Henri n'ouvre pas avant dix heures. N'ayant nulle envie moi non plus de rester chez moi – mon père vient à peine de rentrer de son quart de travail, il est donc hors de question de faire du bruit avant midi, et ma mère tourne en rond comme un rat empoisonné devant la télé dont le son est coupé –, je décide de filer sans déjeuner.

La matinée est fraîche. Il a plu cette nuit et l'air est humide, mais le ciel est clair et les rues semblent avoir été lavées à grande eau des derniers restes de l'hiver. Il y a quelques jours encore, j'aurais pris plaisir à déambuler ainsi dans ce quartier que j'aime malgré ses métamorphoses pas toujours très heureuses. Mais la mort de Georges a gâché bien des choses.

Par instants, j'ai l'impression qu'une odeur de putréfaction monte du canal tout proche et se répand dans les rues comme une vapeur sournoise, nauséeuse, insaisissable lorsque je cherche à la localiser, mais tenace et réapparaissant aussitôt que je cesse d'y penser.

Je suis sortie sans réfléchir à une destination précise, l'esprit encore enfiévré, mais je ne suis même pas surprise lorsque je m'avise du lieu où m'ont menée mes pas. Le canal.

Franchir la passerelle de l'écluse, errer dans cette zone d'entrepôts et d'usines plus ou moins désaffectées au milieu de laquelle doit se trouver la maison – le taudis? – de la mère de Georges?

Pourquoi pas?

C'est bien pour ça que je suis venue jusqu'ici, même si je n'en ai pas été pleinement consciente. Je réprime un frisson, je ferme mon blouson, moins à cause de la fraîcheur que par un besoin confus de protection, et je traverse le canal.

La rue Saint-Patrick, qui longe celui-ci sur sa berge sud, est presque déserte en ce samedi matin. De l'autre côté, cours d'usines, bâtiments de brique délabrés, terrains vagues. Sur la piste cyclable, coincée entre la rue et le canal, les traditionnels cyclistes fluos et les promeneurs de chiens du matin.

Je suis la piste un moment en tournant le dos à l'autoroute 15, qui à cet endroit-là enjambe rue et canal à une hauteur telle que ça me donne le tournis, puis je traverse Saint-Patrick et m'engage, sans trop savoir pourquoi, dans une des petites rues qui y débouchent.

Là, pas un chat. Jamais je n'étais venue par ici. Garages, dépôts de camions, cours de ferrailleurs, petites entreprises dont je ne comprends pas vraiment ce qu'elles vendent ou fabriquent... Inattendu, à un coin de rue, un minuscule restaurant d'ouvriers, ouvert dès cinq heures du matin d'après l'affiche, fermé aujourd'hui.

Quelques immeubles à logements, aussi. Anciennes façades décrépites, cours envahies de mauvaises herbes.

Au bout de quelque temps, je tombe sur un talus qui sépare la rue de l'autoroute 15. On ne peut voir que le toit des voitures ou des camions. Je prends à gauche. Rue Pitt.

Je ne sais pas qui était le dénommé Pitt, ni ce qu'il a fait pour qu'on baptise de son nom cette ruelle défoncée bordée d'un côté par une voie à circulation rapide et de l'autre par des édifices lépreux couverts de graffitis, mais je n'aimerais pas qu'on me joue un tour pareil si je devais un jour laisser mon nom à la postérité.

Après une centaine de mètres, la rue fait un coude vers la gauche. Usine à louer dominée par une citerne rongée par la rouille et montée sur de hautes pattes grêles, d'un vert de chou pourri qui tranche sur le ton brique qui règne par ici.

Tout à coup, mon œil est attiré par un mouvement. Une silhouette vient d'apparaître et de disparaître presque aussitôt, à l'entrée de l'édifice à demi en ruine. Le mouvement a été bref, comme si l'individu, m'ayant aperçue, avait voulu échapper à mon regard.

Je n'en jurerai pas, mais il me semble avoir eu le temps de le reconnaître. Toni! Non, c'est invraisemblable! Je pousse un cri, mais c'est trop tard.

Qu'est-ce que cela signifie? Qu'est-ce que Toni – si c'est vraiment lui – peut bien fabriquer par ici? Est-il seul? Est-ce bien lui, d'abord?...

Je me demande si un des bâtiments vétustes devant lesquels je suis passée tout à l'heure n'est pas celui où vit la mère de Georges. La présence de Toni dans le coin pourrait s'expliquer ainsi. C'est Liviu qui aurait attiré sa victime dans son domaine. La troisième lame serait donc pour lui?

Je suis atterrée. Je ne comprends plus rien, sinon que Toni est en danger! Je me mets en marche vers l'endroit où il a disparu. Lentement tout d'abord, tant la peur me dévore, puis de plus en plus vite. C'est comme si une sorte de fièvre venait de s'emparer de moi.

J'ai l'impression de ne plus pouvoir me maîtriser. C'est de la folie pure! L'estomac complètement noué, je sais parfaitement que j'agis en dépit de tout bon sens, que je devrais fuir à toutes jambes, mais une nécessité impérieuse me pousse au contraire vers ce lieu qui va peut-être devenir la scène d'un crime…

Je déboule dans la cour de l'usine, encombrée de carcasses de semi-remorques abandonnées. Pas un bruit, hormis le grondement des voitures qui provient, atténué par le talus, de l'autoroute. Où Toni est-il passé ?

Les tempes en feu, j'avance vers l'ancienne réception aux vitres brisées. Poussière, gravats, meubles bancals. J'ai l'impression de contempler la fin achevée d'un monde, celui où il fallait fabriquer les choses avant de les vendre…

Tout à coup, un vacarme épouvantable me fait sursauter. Comme si une partie du toit ou une structure métallique s'était effondrée dans le bâtiment adjacent. Celui-ci est relié à la réception par un couloir obscur qui donne au bruit une curieuse et lugubre résonance. Le son se répercute longtemps dans le hangar vide. Puis, de nouveau, le silence.

J'ai la gorge nouée et je n'ose pas appeler. Mes mains sont moites, je sens la sueur couler dans mon dos. Je fais néanmoins quelques pas en direction du couloir, m'immobilisant toutes les trois ou quatre enjambées, l'oreille aux aguets.

Je parviens enfin au couloir. Il me paraît glacial et menaçant. Je m'engage cependant avec précaution. Après tout, Liviu n'a aucune raison de s'attaquer à moi.

Le passage débouche dans une vaste salle qui a dû abriter toute une machinerie aujourd'hui disparue. Ce n'est plus à présent qu'un bazar indescriptible de ferrailles tordues, de bandes transporteuses déchirées, de passerelles effondrées, de caisses éventrées.

Je m'arrête à l'entrée et scrute l'espace sombre que les rayons du soleil matinal zèbrent de longs faisceaux chatoyants où tourbillonne encore une épaisse poussière soulevée par l'effondrement. Je suis sur le point de me laisser aller à la magie de cet instant quand le bruit d'un choc sourd suivi d'un cri étouffé me ramène brusquement à la réalité.

J'avance de quelques pas. Il me semble percevoir une ombre qui glisse sur le mur du fond, de l'autre côté d'un fouillis de poutrelles et de plaques métalliques tombées des hauteurs de l'édifice.

Je me jette derrière un panneau de plâtre encore debout et demeure immobile quelques secondes.

Puis c'est le bruit, nettement reconnaissable cette fois, d'une fuite précipitée dans ce chaos de fer et d'acier. Chocs de bidons renversés, un juron étouffé, le bruit qui retentit de la course désordonnée d'un homme vers le fond du hangar.

Je penche légèrement la tête pour tenter d'identifier le fuyard. Trop tard. Celui-ci a déjà disparu et il règne une telle pagaille ici que mon homme aura cent fois le temps de traverser le canal avant que je ne me retrouve dans la rue. Je ne saurai donc pas s'il s'agissait vraiment de Toni.

Je m'apprête à rebrousser chemin lorsqu'il me vient à l'esprit que, Toni ou pas, le personnage qui s'est enfui ne peut pas être le même que celui qui a poussé ce cri de douleur. La scène n'aurait pas eu de sens. Deux hommes se trouvaient nécessairement là, et l'un d'eux a dû se faire frapper par l'autre, qui s'est ensuite sauvé.

Il y a donc encore quelqu'un dans l'usine. Quelqu'un qui... Toni ou Liviu ? Dans les deux cas, le pauvre doit être assez mal en point puisque je n'entends pas le moindre gémissement. Je ne peux pas disparaître ainsi. Quel qu'il soit, il a sans doute besoin d'aide.

Je me mets en marche vers le fond de l'immense salle qui ressemble à une ville après un bombardement. C'est un vrai parcours du combattant, d'autant plus que, prudente malgré tout, j'essaie de ne pas faire trop de bruit en heurtant les objets qui jonchent le sol.

J'arrive enfin à l'autre extrémité du hangar. J'entrevois une porte de tôle entrouverte, branlante et à moitié dégondée, par où mon inconnu a pris la fuite. Une énorme structure de métal tordue m'en sépare – celle qui a dû tomber des hauteurs.

Encore quelques débris de toutes espèces et j'y suis. J'enjambe un vieux fût métallique rouillé et contourne un rayonnage distordu, tout en surveillant où je pose les pieds.

Tout à coup, deux jambes apparaissent dans mon champ de vision. Deux jambes allongées dans une posture peu naturelle. Mon cœur bat à se rompre. Plus que deux pas à faire.

Un homme est allongé là, face contre terre. Jeune, de petite taille. La silhouette me dit quelque chose. Jo ?

Un frisson glacial me parcourt le corps. Je me précipite et m'agenouille près de lui. C'est bien lui. Est-il mort ?

Je me penche au-dessus de Jo et tends la main vers son épaule, que j'effleure tout en prononçant son nom à voix basse, comme

pour ne pas lui faire mal. Il remue faiblement. Puis il émet un râle léger et commence
à se recroqueviller comme un mille-pattes
qu'on vient d'écraser.

— Sara? murmure-t-il d'une voix presque inaudible.

— Oui, c'est moi, Jo. Qu'est-ce qui s'est
passé? Tu es blessé?

Jo ne répond pas, il semble encore sonné.
Mais, alors qu'il tente de se retourner pour
prendre appui sur son bras gauche, j'aperçois
sur le sol poussiéreux un objet brillant que
son corps, allongé dessus, m'avait dissimulé
jusqu'ici. Un couteau.

Un couteau neuf, un de ces couteaux de
mauvaise qualité qu'un enfant pourrait acheter dans une quincaillerie…

La troisième lame!

12

QUI?

Jo émerge lentement de sa demi-inconscience. Un vilain bleu marque sa tempe. Le coup a dû être violent. Des traces d'égratignures parsèment aussi son front et son avant-bras droit.

Il ne s'est pas battu, pourtant. J'ai du mal à imaginer Jo se battant. Mais il s'est fait rosser salement. Comment a-t-il pu en arriver là? Je ne comprends plus rien. Toni? Mais pourquoi?

J'aide Jo à se redresser tout à fait et à s'adosser à la structure métallique. Il semble se réveiller un peu et il me dévisage avec des yeux effarés. Il a l'air aussi étonné de ma présence ici que moi de la sienne. Sa bouche est entrouverte et ses lèvres remuent légèrement comme s'il allait parler, mais aucun son n'en sort. J'espère que le coup qu'il a reçu ne l'a pas rendu complètement fou.

Tout à coup, alors qu'il vient de laisser aller sa tête sur sa poitrine, je le sens se raidir. Il se met à trembler et, toujours sans pouvoir articuler le moindre mot, il tend la main vers le sol, près de sa jambe.

Le couteau. Jo vient seulement de le découvrir. Mais il est incapable de le saisir. Il tourne la tête vers moi, l'air suppliant. Ses yeux sont agrandis, comme sous l'effet de la terreur. Il veut bégayer quelque chose, mais sa gorge demeure désespérément muette.

Je ramasse le couteau d'une main et pose l'autre sur sa cuisse.

— Qui t'a fait ça, Jo?

— Il va me tuer, n'est-ce pas? bredouille-t-il enfin d'une voix brisée. Je suis le prochain...

— Mais qui, Jo, qui? Toni? Liviu?

— Liviu?

Jo regarde dans le vide. Il n'a même pas l'air de connaître ce nom. J'insiste:

— J'ai vu quelqu'un entrer dans l'usine depuis la rue tout à l'heure. Il m'a semblé que c'était Toni. J'ai cru que... Je l'ai suivi jusqu'ici. Il vient de se sauver. C'est lui qui t'a frappé?

— Je... je ne sais pas. Je crois, oui. Je n'ai pas bien vu...

Je crois qu'il vaut mieux que j'aide Jo à sortir d'ici et que je lui laisse le temps de récupérer avant de pouvoir en tirer quelque chose. Je me relève et lui prends les mains, essayant de l'attirer vers moi.

— Viens. Es-tu capable de te lever ?

Jo hoche la tête et me laisse l'aider à se redresser. Je n'aurais jamais cru qu'il puisse être aussi lourd. Lourd comme un cadavre…

Quelques minutes plus tard, nous nous retrouvons enfin dehors et nous cheminons à petits pas, comme deux vieillards, en direction du canal.

Jo, bien entendu, refuse avec véhémence que je l'accompagne chez lui. Je n'insiste pas. Arrivés près du canal, nous nous dirigeons vers un banc sur lequel il se laisse choir lourdement. Il a l'air épuisé.

— Il faudrait peut-être voir un médecin, Jo.

— Non, non, répond-il d'une voix faible. Ce n'est rien. Juste un bleu et quelques éraflures.

Le couteau pèse dans ma poche, où je l'ai glissé avant de quitter le hangar. Il pèse trop lourd, au sens propre comme au figuré…

Je dis tout bas :

— En tout cas, cette fois, il faudra aller à la police. Tu ne peux pas rester comme ça. Tu es en danger.

La réaction de Jo est déconcertante. Il se tourne vers moi, blême, décomposé, la lèvre tremblante.

— Tu... tu n'y penses pas, Sara. C'est impossible...

— Mais pourquoi, enfin ? fais-je au comble de l'exaspération. On a tenté de te tuer, non ? *Ils* n'en resteront pas là. *Ils* vont recommencer. Qui va te protéger ?

— Pas la police, en tout cas, réplique Jo. Pour elle, il y a eu un suicide et un accident. Ce n'est pas de son ressort. Quant à moi...

— Eh bien, on t'a attaqué, non ? J'ai vu Toni s'enfuir...

— Tu viens de me dire que tu n'étais pas certaine de l'avoir reconnu. Tu es prête à le dénoncer à la police sans être sûre de ton coup ?

Jo connaît parfaitement la réponse...

— Et il y a les couteaux, ajoute-t-il.

Il se tortille un instant, mal à l'aise.

— Qui va expliquer aux agents pourquoi nous n'avons rien dit pour les deux premiers ? Cela voudra dire que nous avons dissimulé des preuves pour deux assassinats déguisés en accident ou en suicide. Que nous en sommes complices, par conséquent. On va nous accuser, Sara, tu ne comprends donc pas ? C'est sur nous que tout va retomber.

Je me sens désarmée. Jo a raison, bien sûr, mais ne pas parler, c'est laisser courir l'assassin en toute liberté. Prêt à frapper de nouveau. Même si c'est Toni…

Jo s'est tu et il regarde maintenant ses pieds, l'air catastrophé. Je ne sais plus quoi faire – si je l'ai jamais su. Je suis perdue. Je croyais avoir découvert la clé du mystère en Liviu, mais je me suis manifestement trompée.

Toni… Tout l'accuse, si c'était bien lui que j'ai vu. Et, malgré ce que je voudrais croire, j'en suis presque sûre.

C'est comme si tout s'effondrait autour de moi. Jean-Baptiste, Pogo, même ce Liviu dont je ne sais rien, au fond, pouvaient endosser le rôle d'un tueur. Mais pas Toni. Je me sens incapable d'accepter une pareille infamie. Jo le ressent-il? Sinon, pourquoi chercherait-il à l'innocenter? Car j'ai bien l'impression que c'est le cas.

Et puis, il y a un détail essentiel que la succession rapide des événements a complètement occulté: pourquoi Jo se trouvait-il dans l'usine de la rue Pitt en ce samedi matin?

Je pose doucement la main sur sa cuisse. Un garçon ne résiste pas à ça d'habitude. Un garçon normal, du moins… Jo ne réagit pas.

Je laisse ma main, puis accentue légèrement ma pression.

— Jo ?

Pas de réponse.

— Jo ? Qu'est-ce que tu faisais dans ce hangar ?

Jo hésite, les yeux toujours fixés au sol. Il me fait l'effet d'un oiseau marin englué dans du pétrole brut.

— Jo ?

Cette fois, je prends sa main. Il se tourne enfin vers moi. Il est livide, un tic nerveux agite le bas de sa joue. Il a l'air d'un fou. Comment la terreur peut-elle défigurer quelqu'un à ce point ?

— De quel côté es-tu, Sara ? souffle-t-il enfin.

La question me paraît tellement stupide que je ne réponds pas tout de suite, je m'emporterais. Mais je comprends parfaitement ce qu'il veut dire. Il a quelque chose à me révéler sur Toni et il a peur que j'aille le lui répéter. Je le comprends, oui, mais en même temps je suis vexée qu'il me prenne pour une idiote amoureuse et aveuglée, indigne de confiance.

Jo, cependant, se méprend sur mon silence. Il doit penser qu'il équivaut à une mauvaise réponse. Sa tête retombe sur son menton et il reprend, la voix tremblante, comme s'il devait résister à une crise de sanglots.

— Tu es la seule à qui je puisse parler, Sara. Tu es la seule à qui j'aurais pu parler en toute autre circonstance, en tout cas. Mais aujourd'hui, tu es la dernière personne à qui je puisse me confier.

— Tu crois que j'irai tout répéter à Toni, c'est ça? Tu te trompes, Jo. Si Toni a fait quelque chose de mal – et là, je ne parle pas de bagatelles genre vol de bouteilles –, je ne le soutiendrai pas. Il y a eu deux morts déjà. C'est plus qu'assez.

— Et tu le dénoncerais à la police?

La brusquerie de la question me prend de court. Je n'ai jamais dénoncé personne, et j'ai toujours méprisé les dénonciateurs. En revanche, jamais je ne m'étais trouvée devant une situation semblable. Personne, dans mon entourage, n'était jamais mort auparavant. Personne non plus, à ma connaissance, n'avait tué…

— Je ne sais pas, Jo. Je… je crois que j'essaierais de lui parler avant.

— Tu vois! s'exclame-t-il. Je le savais…

— Ce n'est pas ce que je veux dire. Je ne lui ai jamais dit un mot à ton propos, Jo. Tu n'as rien à craindre de moi.

— On a essayé de me tuer.

— Justement. Il est temps de tirer cette affaire au clair. Comment puis-je t'aider si tu fuis tout le temps ? Te taire n'est pas la solution. Si tu penses que Toni est coupable de tout ce qui s'est passé depuis une semaine, tu dois me le dire.

— Mais je n'en sais rien, Sara, je te le jure. Je n'ai vu personne. Tout ce que je sais, c'est qu'on a placé un couteau près de moi. Le même que dans le cas de Georges et de Jean-Baptiste.

— Qui t'a assommé, Jo ? Tu as bien dû apercevoir quelqu'un, un visage, une silhouette.

Jo soupire. Ses épaules s'affaissent.

— On ne m'a pas assommé, Sara. J'ai trébuché et je me suis cassé la figure près de la grosse machine-outil. Mon front a heurté le métal et je me suis évanoui.

— Mais enfin, Jo ! Ne me dis pas que tu te trouvais là par hasard ! Je ne sais pas ce que tu fais de tes week-ends, mais tu ne me feras pas croire que tu les passes à visiter des usines en ruine. Pourquoi es-tu venu ici ? Qui t'a fait venir ? Qui t'a entraîné ?

J'ai presque hurlé. Un cycliste qui passait s'est retourné et a failli se fiche en l'air. Heureusement, il repart aussitôt. Cette fois, je ne lâcherai pas Jo. Je veux une réponse. Et pas la moitié d'une.

Je prends sa tête entre mes mains pour l'obliger à me regarder et je plante mes yeux dans les siens.

— C'est Pogo, bafouille-t-il enfin. Il m'a donné rendez-vous dans la vieille salle des machines.

— Pogo ? Je suis pourtant certaine que ce n'est pas lui que j'ai vu entrer dans l'usine. Toni peut-être, mais pas Pogo. Je ne comprends pas.

— Moi non plus, Sara. Tout ce que je sais, c'est qu'ils ont partie liée, qu'il y en a un qui commande à l'autre et qu'ils veulent me tuer.

13

LE PIÈGE SE RESSERRE

Je suis furieuse et mortellement blessée. Toni s'est bel et bien moqué de moi. Je m'en veux également de m'être laissé abuser par sa belle allure, par sa belle gueule d'amour.

Non seulement Toni n'était pas tenu à l'écart des activités illicites du Trio n° 4, mais je me demande s'il n'en était pas au contraire l'instigateur. Toni de mèche avec Pogo, comme le pense Jo? Non, pas tout à fait. Pogo est un imbécile. Il n'est pas de la même trempe que Toni, il n'en est probablement que le larbin, l'exécuteur docile, le bras qui frappe.

Je me suis toujours interrogée sur l'intérêt que pouvait avoir Toni à fréquenter des types aussi mal dégrossis que Pogo et Smoked Meat, à les suivre. Je comprends maintenant. En fait, il ne les suivait pas. Il les manipulait! C'était lui le vrai cerveau du groupe. Et quand Jean-Baptiste s'en est aperçu, Toni a habilement manœuvré Pogo pour le supprimer.

Seul Toni a pu concevoir la mise en scène des couteaux. Celle-ci n'a pas marché comme il le voulait puisque Jo a ramassé le premier sans le montrer à la police, mais les trois victimes correspondent bien aux trois lames.

Je vois mieux à présent le lien entre les trois. Georges qui en savait trop sur les activités de Toni et de sa bande ; Jean-Baptiste, qui devenait encombrant et freinait ses ambitions ; et Jo, que Toni soupçonne de connaître, au moins partiellement, la vérité.

Je me rappelle cette conversation que j'ai eue avec lui, mercredi matin, dans un couloir de l'école. Il avait l'air à la fois furieux et méfiant de me voir discuter avec Jo. « Va savoir ce qu'il est capable d'inventer pour attirer l'attention », avait-il dit en m'avertissant de me méfier de ce qu'il pourrait me raconter. Jo était le dernier grain de sable dans sa chaussure.

La dernière phase de son plan devait se jouer dans l'usine de la rue Pitt. Pour ne pas dévoiler son jeu, il a demandé à Pogo d'y attirer Jo, sous un quelconque prétexte que l'autre a avalé sans discuter. Son idée était de supprimer Jo et de laisser près de lui le couteau qui servirait à relier sa victime aux deux autres.

Que s'est-il passé alors ? Mon arrivée a dû bouleverser ses prévisions. Comble de malchance, Jo, dans sa maladresse, s'est assommé lui-même. Peut-être Toni a-t-il cru que Pogo avait exécuté le «travail» et il s'est contenté de jeter le couteau près du corps de Jo. Peu importent les détails.

Le dilemme qui se pose à moi maintenant est le suivant: dénoncer Toni, me livrant ainsi à cette activité que j'ai toujours jugée méprisable, ou trouver moi-même un moyen de protéger Jo sans faire intervenir la police?

La dénonciation serait la voie de la raison. Nous ne sommes plus à une époque de guerre de clans où tout problème se résolvait à coups de massue dans la figure. Il existe une justice à laquelle nous devons déléguer le règlement de nos conflits. Enfin, c'est ce qu'on nous enseigne à l'école.

Cependant, à supposer que je réussisse à persuader Jo de le faire – ce qui ne serait pas une mince affaire! –, nous croirait-on? Jo est si misérable, il est tellement incapable d'aligner deux phrases sensées qu'on a parfois tendance à le prendre pour un demeuré. Quant à moi, une fille qui a passé sa vie à décrocher de l'école, on me conseillerait de trouver un emploi à ma mesure et de cesser d'inventer des histoires.

Reste que Jo est en danger et que je ne peux pas le laisser comme ça. Toni doit être aux abois étant donné qu'il a raté son coup – vraisemblablement à cause de moi, puisque c'est mon apparition à l'usine qui a saboté son plan. Mais il est allé trop loin et il ne peut plus reculer. Il va récidiver.

Le problème, c'est que pour lui, Jo n'est plus le seul témoin indésirable de ses forfaits. Je suis entrée dans le jeu et je me retrouve donc à mon tour dans sa ligne de mire.

J'ai un atout, pourtant. J'ai les pieds sur terre, moi, au contraire de Jo, et pas dans le même sabot. Je ne vais pas me réfugier dans la fuite ou le mutisme. Je ne vais pas jouer l'agneau qui attend naïvement le coup de grâce du boucher. Toni m'a prise pour une gourde ? Il va voir…

Mon silence en échange de l'arrêt des persécutions contre Jo. Je vais lui dire que je sais tout, que j'ai des témoins et des preuves que j'ai remises à une personne de confiance. Un geste de sa part et le scandale éclate. Avec ça, il devrait se tenir tranquille.

Oui, ça me semble jouable. Pour le reste, qu'il se débrouille avec sa conscience. Et qu'il disparaisse, pourquoi pas. Qu'il aille planter des arbres en Colombie-Britannique ou des tubes de forage dans le nord de l'Alberta. Ou, s'il veut vraiment se battre, qu'il s'engage dans l'armée. De toute façon, je ne pourrai plus jamais le voir sans avoir envie de lui cracher à la figure.

Je ne mets pas Jo au courant, il me ferait une crise. Je dois agir seule. Je lui conseille simplement de se mettre à l'abri et de ne pas sortir. Il fait la grimace, bien sûr. L'idée de rentrer chez lui et d'y demeurer cloîtré jusqu'au lundi doit lui paraître insupportable.

Lorsqu'il me quitte, près du canal, il m'indique sans autre précision qu'il préfère s'évanouir dans la nature, qu'il en a l'habitude et que personne ne saura où il est.

Je n'essaie pas de le retenir – il est pire qu'une mule –, mais je lui fais quand même jurer de ne pas commettre d'imprudence et, au besoin, de changer de quartier. Il acquiesce d'un mouvement de tête. Il part en direction de Verdun avec l'intention de prendre le métro.

Tandis qu'il s'éloigne de son pas lent, silhouette voûtée de l'éternel malchanceux, je reste assise sur le banc, repassant rapidement dans ma tête les événements de la matinée.

Un détail me revient soudain. Après le tintamarre infernal provoqué par la chute de la structure métallique dans le hangar, il y a eu un autre bruit. Celui d'un choc plus léger, plus sourd, suivi d'un cri faible, ou d'une sorte de gémissement. Or Jo, je suppose, a perdu conscience dans l'écroulement des poutrelles métalliques. Ce n'est donc pas lui qui a émis ce son.

Quelqu'un d'autre était donc là. Et s'y trouve encore, puisque je n'ai entendu qu'un seul bruit de pas. Pogo, sans doute. Qui a frappé son complice. Ou l'inverse, puisque je ne sais pas lequel des deux s'est enfui. Il reste donc quelqu'un dans le hangar, inconscient. Mort, peut-être ? Pogo ou Toni ?

J'hésite. Ni l'un ni l'autre ne me paraissent dignes d'intérêt à présent, mais je ne peux m'empêcher de frémir en imaginant un garçon que je connais en train d'agoniser dans une usine en ruine, le crâne fendu peut-être, perdant son sang… J'exagère, probablement, mais le doute est là.

Il faut que j'aille voir.

Je me relève donc, traverse Saint-Patrick et m'engage dans la rue Pitt. Parvenue près de l'entrée du hangar, je m'arrête un moment, me demandant comment je vais réagir si c'est Toni que je découvre inanimé au milieu des gravats.

J'essaie de me dire que je n'éprouve plus rien pour lui, qu'il n'est qu'une ordure ayant abusé de ma crédulité, un assassin, une vermine. Mais si je tombe sur son corps inerte et sanglant, désarticulé, pitoyable, serai-je capable de rester ferme dans ma conviction?

Une boule dans la gorge, je m'approche néanmoins de la porte. Lorsque je tends le bras pour la pousser, celle-ci s'ouvre brusquement en grand! Je pousse un cri en me jetant en arrière.

La haute silhouette de Pogo se découpe dans l'encadrement. Il est blessé à la tempe et du sang coule en un léger filet sur son cou et son oreille. Il me dévisage d'un air mauvais.

— Qu'est-ce que tu fais là? me lance-t-il d'un ton agressif.

Soulagée peut-être de constater que je ne tomberai pas sur un cadavre – et que ce ne sera pas celui de Toni –, je reprends vite mes esprits et rétorque du tac au tac:

— Et toi? Tu as traversé devant un autobus?

Pogo grimace nerveusement. L'humour n'est pas son fort.

— Fous-moi la paix, crache-t-il en haussant les épaules. En tout cas, si c'est Toni que tu cherches, j'espère pour lui que tu le trouveras avant moi.

— Écoute, Pogo, je n'ai pas à défendre Toni, mais tu n'en as pas assez, de ces morts? Ça ne pourrait pas s'arrêter?

Pogo est en rage.

— Parce que c'est de ma faute, peut-être! hurle-t-il. Pourquoi est-ce que tout le monde me tombe dessus, enfin? Je ne suis pas le coupable de service. Georges s'est suicidé et Jean-Baptiste a eu un accident. Qu'est-ce que je pouvais y faire? J'ai passé l'âge de faire du baby-sitting!

— Je ne t'accuse de rien, Étienne. Je sais très bien qui est derrière tout ça. Tu t'es fait avoir, c'est tout.

La fureur de Pogo semble retomber d'un seul coup. Il me regarde avec des yeux ronds.

— Moi? Avoir par qui? Avoir pourquoi? Qu'est-ce que c'est encore que cette histoire?

Il a l'air sincèrement étonné.

— Toni est en train de devenir fou, reprend-il. Non seulement il m'accuse d'avoir tué Smoked Meat pour prendre sa place, mais il prétend que je cherche à le tuer lui aussi. Ça n'a aucun sens. C'est lui qui a tenté de me tuer, pas plus tard que ce matin.

Il me montre sa blessure à la tête.

— Je ne sais pas si je me suis fait avoir, mais le coup de barre de fer qu'il m'a flanqué sur la gueule, c'était pas du cinéma. Il est devenu raide dingue, je te dis. Tout ça à cause d'un accident.

Curieusement, Pogo a retrouvé son calme. Le fait d'avoir la tempe contusionnée et sanguinolente n'a pas l'air de le gêner. Pour lui, prendre des coups ou en donner, c'est sans doute équivalent. Se faire accuser injustement lui semble plus grave.

Est-il vraiment stupide, ou n'a-t-il réellement aucune idée des machinations tramées par Toni dans son dos ? Je ne crois pas que Pogo soit capable de dissimuler ou de feindre.

Je tente quand même une ultime ruse.

— Les couteaux, c'était une idée à lui ?

Le visage de Pogo devient tout à fait porcin.

— Quels couteaux ? De quoi tu parles ? Toi aussi tu perds la boule, Sara. C'est pas avec un couteau qu'il m'a fait ça, c'est avec une barre de fer, je viens de te le dire.

Ou Pogo est un comédien extraordinaire, ce qui m'étonnerait, ou il est complètement hors du coup, contrairement à ce que je pensais. Toni a donc agi entièrement seul. Son idée était de supprimer Jo tout en faisant porter le chapeau à Pogo. Mais alors, comment a-t-il convaincu ce dernier de donner rendez-vous à Jo dans cette usine ?

Je lui pose la question.

Là encore, Pogo ouvre des yeux comme des hublots.

— Jo ? Tu délires, Sara. Tu me vois parler à cette larve ? Pour qu'il aille se flanquer dans le canal comme l'autre cancrelat parce que je lui aurai fait peur ? Pas vu depuis hier, le Jo. Occupe-toi plutôt de Toni, il en aura besoin quand je lui aurai arrangé le portrait.

Là-dessus, Pogo m'écarte d'un geste et il enfile la rue Pitt d'un pas décidé, après s'être essuyé le front d'un revers de manche.

Pas d'états d'âme, Pogo. Ni assez d'intelligence pour mentir, j'en suis persuadée. Mais alors, qui a attiré Jo dans ce guet-apens ?

14

LES TROIS LAMES

Je ne sais plus où j'en suis. Qu'est-ce qui cloche, dans cette affaire ? Rien ne fonctionne, il y a toujours un détail qui ne cadre pas et toutes mes hypothèses s'effondrent les unes après les autres.

Pogo aurait-il raison ? Un suicide, plus un accident ? Difficile à avaler, particulièrement en ce qui concerne Jean-Baptiste. Et puis, surtout, il y a les couteaux. Ces fameuses lames, omniprésentes, qui forment les éléments les plus étranges de l'énigme, et les moins discutables aussi, puisqu'elles sont les seules pièces à conviction tangibles de ce casse-tête cauchemardesque.

J'en ai moi-même vu deux, et les policiers ont trouvé la troisième. Il n'est donc pas ici question d'imagination ou de mensonge. Si une seule chose est réelle dans cette histoire, ce sont bien ces trois lames. La question est : pourquoi ai-je l'air d'être la seule à en connaître l'existence ? Et aussi : que signifient-elles exactement ?

Seul Georges aurait pu le dire, mais il a emporté son secret avec lui.

Je ne sais que faire. Aller m'interposer entre Pogo et Toni ne me semble pas une bonne idée. Retrouver Jo ? Inutile d'y songer. Montréal est une fourmilière et Jo en est la fourmi la plus insignifiante. Autant chercher une larme dans la mer.

Je n'ai plus qu'à rentrer chez moi et attendre. Mais attendre quoi ? Que l'un se fasse estropier par l'autre ? Belle perspective…

Je reste longtemps assise sur le seuil de la porte envahi par les mauvaises herbes. Puis je hausse les épaules, me lève et redescends la rue Pitt vers le canal, pour la deuxième fois de la journée – la deuxième fois de ma vie, d'ailleurs. Et la dernière aussi, j'espère…

Pas envie de rentrer, non. Marre de ma famille de fous. Je longe lentement le canal, en direction du Vieux-Port. Ce quartier ne m'a jamais paru si laid et si désespérant qu'aujourd'hui. Je me demande à quoi pensent en ce moment tous ces gens pour qui on a transformé les usines de briques rouges en condos, dissimulés derrière leurs verrières ajoutées.

Tout à coup, je me rends compte à quel point mon univers est restreint. Un petit carré de rues délimité au sud par le canal de

Lachine, au nord par l'autoroute Ville-Marie, à l'est par les bassins du Vieux-Port et à l'ouest par l'autoroute 15 et l'échangeur Turcot. Pour qui est-ce que je me prends ?

Arrivée en face du marché Atwater, je me laisse tomber sur un banc. Je comprends subitement pourquoi Jo aime tant lire. Il n'y a rien d'autre à faire. Rien...

J'ai passé toute la fin de semaine dans une sorte de brouillard. Traîner, ruminer, dormir. Ce n'est que ce matin, de retour à l'école, que j'ai appris que Toni et Pogo avaient passé la nuit au poste de police.

Ils ont été arrêtés hier soir, près de la voie de chemin de fer. Une bagarre d'une rare violence que des riverains ont signalée à la police. D'après ce qu'on m'a dit, les agents ont eu beaucoup de mal à les séparer mais, une fois conduits au poste, ils se sont cantonnés l'un et l'autre dans un mutisme obstiné, refusant de donner la moindre justification à leur acte.

Ils ont été libérés, mais il est clair qu'ils demeureront quelque temps sous surveillance discrète. Si cela pouvait les calmer un peu...

Jo, pour sa part, est absent ce matin. Je suis passée au secrétariat. On m'a dit qu'il avait appelé pour indiquer qu'il était malade. Je devrais peut-être faire un saut jusque chez lui, mais je n'en ai pas la moindre envie. Je ferais mieux d'essayer de remonter mes notes.

Midi. Pas envie de bavarder. Je décide d'aller manger mon sandwich près du canal. Il fait beau, la mauvaise odeur des derniers jours s'est estompée. J'allonge mes jambes et ferme les yeux.

Marre de ce petit monde, de ses habitants étriqués, de ses parents tarés et de ses faux boxeurs qui ne savent pas pourquoi ils se tapent dessus. Marre de Saint-Henri. Cet été, je partirai. Je me demande à quoi ressemble l'Alberta. En attendant, je voudrais simplement m'endormir, ici même…

— Sara?

La voix me fait sursauter. Je relève la tête et ouvre les yeux. Liviu se tient devant moi, l'air de bonne humeur, les mains dans les poches.

— Je peux m'asseoir?

— Tu es libre de faire ce que tu veux, dis-je d'un ton sec, me demandant quelle calamité il vient m'annoncer.

Il sourit et s'assoit à côté de moi.

— Je suis libre, oui. Pas comme certains…

Que veut-il dire ? Pogo et Toni se seraient déjà fait reprendre par la police ? Devinant mon interrogation, Liviu poursuit :

— Je ne sais toujours pas avec exactitude ce qu'ont fait les deux imbéciles survivants du bien nommé Trio n° 4, mais ils filent un mauvais coton. Ils se battent, s'accusent mutuellement de meurtre et de tentative de meurtre, et quand vient le temps de parler, ils s'enferment dans un silence buté comme deux voleurs de confiture. Ils sont pathétiques.

— Tu te sens vengé ?

Liviu soupire. Une ombre passe sur son visage.

— Pas vraiment, dit-il d'une voix que je trouve très douce tout à coup. La vengeance est un truc d'adolescent, j'ai passé l'âge. Mais je ne les plains pas. Ils se punissent eux-mêmes pour ce qu'ils ont fait, tant pis pour eux. Ils sont pitoyables, je te dis.

J'ai l'impression que, pour lui, l'affaire est close. Un des tourmenteurs de son frère est mort, les autres se bouffent le nez entre eux.

Pour tout le monde, d'ailleurs, l'affaire est close. Suicide, accident. Jamais Jo ne révélera ce qu'il sait – ou croit savoir. L'énigme des couteaux demeurera entière... à moins que je ne me décide à en parler.

Mais pourquoi, dans le fond ? Rien ne fera revivre Georges, et je ne crois pas de toute façon que Toni aille plus loin maintenant dans ses projets. Il n'y a plus de Trio n° 4. Tout le monde se méfie de lui et de Pogo, ils sont condamnés à rester seuls avec leurs propres remords, si toutefois ils en éprouvent.

Combien de temps aurait vécu Georges, de toute façon ? Ce garçon était trop malheureux pour vivre vieux. Je me demande quelle quantité de malheurs discrets nous côtoyons ainsi sans y prêter attention, jusqu'à ce que le misérable s'enlève lui-même une vie qu'il ne supporte plus.

Oui, peut-être Georges s'est-il supprimé sans l'aide de personne, peut-être Jean-Baptiste a-t-il fait un faux pas en préparant quelque mauvais coup avec ses acolytes, qui se sont contentés de se sauver lâchement lorsqu'il s'est écrasé sur le sol.

Mais c'est impossible, voyons. Les couteaux. Toujours les couteaux ! Que voulait dire l'assassin avec ces couteaux ? C'est Georges qui en a parlé le premier. Je me tourne vers son frère et lui demande à brûle-pourpoint :

— Georges aimait-il les armes ?

Liviu a l'air déconcerté.

— Pas que je sache, répond-il. Ça m'étonnerait même, il avait une peur bleue de la violence. Plus exactement, je dirais qu'il avait peur de la réalité. Il adorait la littérature d'horreur, mais dans la vraie vie, la vue d'une simple lame nue lui donnait des frissons.

— J'ai souvent eu l'impression qu'il n'était pas fait pour ce monde. Qu'il aurait dû s'en inventer un pour lui tout seul.

— Tu ne crois pas si bien dire, fait Liviu en hochant la tête. Il s'en inventait, des mondes.

— Que veux-tu dire ?

— J'ai tenté de mettre de l'ordre dans ses affaires, ce week-end. Livres et papiers, pour l'essentiel. Il était en train d'en écrire un, de livre. Un roman. Je n'ai pas encore eu le temps de le lire jusqu'au bout, je n'ai guère l'habitude de lire, mais il m'a semblé qu'il n'était pas tout à fait terminé.

— Intéressant ?

— Oh oui ! C'est un genre de roman policier. Une histoire qui se passe dans le quartier. Je crois qu'il s'est inspiré de ses camarades de classe pour camper ses personnages. Des trois petites frappes du Trio n° 4, en particulier.

— Et le héros s'appelle Georges, je suppose.

— Non, pas du tout. Parler de héros est peut-être un peu abusif, du reste. Le personnage central est tout sauf un héros. C'est un garçon frêle, un peu insipide, un peu à part. Il ressemble à Georges, pourtant, il faut l'avouer. Mais il s'appelle Jo.

Je souris légèrement. Jo et Georges. Deux frères d'infortune. Ça ne me surprend pas tellement, d'ailleurs. Je parierais que Jo écrit aussi, lui. En cachette, bien sûr.

— Et il parle de quoi, ce roman?

— C'est une histoire de vengeance, répond Liviu. Assez sanglante et plutôt sombre. Bien écrite, je crois, pour autant que je puisse en juger. Georges devait compenser ses faiblesses et ses peurs en inventant des intrigues de ce genre. Une manière de régler ses comptes, j'imagine.

Un peu bêtement, je me demande si Georges a parlé de moi dans son livre.

— J'aimerais beaucoup le lire, si c'est possible.

— Bien sûr, je te le prêterai si tu veux.

— Il s'intitule comment?

— *Les Trois Lames*. Le titre fait référence à la manière dont l'assassin signe ses crimes tout en les faisant passer pour des accidents.

Liviu m'aurait flanqué un coup de poing dans la figure que je n'aurais pas été plus sonnée.

ÉPILOGUE

Jo a fini par tout m'avouer.

Il n'a même pas été surpris quand je suis venue lui parler, l'air sévère. Indépendamment de ma conversation avec Liviu, il pensait que j'avais compris tout ce qui s'était vraiment passé au cours des derniers jours, et c'est pour ça qu'il n'avait pas osé se présenter à l'école le matin.

Dès la sortie des classes, je suis allée me planter devant chez lui, n'osant pas sonner, attendant qu'il se montre. Il a dû me voir par une des fenêtres car il est apparu sur le seuil au bout de dix minutes, plus blême, plus figé encore que d'habitude. Je l'ai emmené vers le canal, il m'a suivi sans broncher.

Les Trois Lames... Oui, bien sûr, c'est de là que lui était venue l'idée. Non seulement Jo connaissait l'existence du roman de Georges, mais il l'avait lu – partiellement puisqu'il n'était pas terminé – et commenté au fur et à mesure de l'écriture.

Il avait même aidé Georges à faire des repérages pour décrire les lieux où se déroulait l'histoire, en particulier dans les usines désaffectées du quartier : celle de Canada Malting et celle de la rue Pitt, entre autres. Les deux compères avaient fini par acquérir une connaissance approfondie de toutes ces vieilles bâtisses à demi en ruine.

C'est la littérature qui avait soudé cette amitié entre les deux exclus. Jo était le seul confident de Georges. Mais le besoin maladif de ce dernier d'être reconnu socialement le poussait aussi vers le Trio, grâce à qui il espérait vivre une vie qui ne soit pas virtuelle.

Jo essayait constamment de l'en dissuader, mais en vain. Georges, si fin par ailleurs, ne semblait pas comprendre à quel point les trois brutes du Trio nº 4 se riaient de lui et l'utilisaient pour leur propre divertissement, comme un jouet qu'on jette quand on s'en est lassé. Son suicide n'avait été que la reconnaissance de son échec.

Jo n'avait pas pu digérer la mort de son ami. Il s'en voulait de ne pas avoir su prévenir son geste désespéré, mais il en rendait surtout responsables les membres du Trio qui, d'après lui, avaient, par leur cynisme et leur désinvolture, poussé Georges à accomplir l'acte fatal.

Jo avait alors commencé à ruminer une vengeance. Mais comment punir trois garçons, presque adultes, dont le moins fort était capable de le soulever et de le battre comme un enfant? Comme à son habitude, Jo avait cherché une solution à ses problèmes dans la littérature. Dans un livre. Celui, inachevé, de son ami noyé.

Il en avait repris l'idée des trois lames, signature de crimes déguisés en accidents, ainsi que les lieux, qu'il avait longuement explorés en compagnie de Georges et qu'il connaissait donc très bien.

Son projet consistait à donner à croire, par des insinuations habilement propagées, que Georges avait été assassiné, puis à faire porter les soupçons sur les membres du Trio n° 4. Ce n'était pas le plus difficile. Ensuite, il s'agissait de profiter de cette ambiance malsaine de suspicion générale pour dresser ces derniers les uns contre les autres et les amener à se battre entre eux – voire à se tuer.

La principale difficulté de cette machination, pour Jo, était de demeurer dans l'ombre. À aucun moment il ne devait intervenir ostensiblement, jamais il ne devait accuser, désigner, prendre position. Il lui fallait un intermédiaire qui ne le trahirait pas.

J'avais été cet intermédiaire. C'est par moi que Jo avait distillé son poison, me confiant sous le sceau du secret des détails inventés et de fausses confidences de Georges, invoquant sa peur d'être assassiné à son tour si je les dévoilais.

Ayant acheté dans une quincaillerie trois couteaux identiques, il m'avait montré le premier, prétendant l'avoir trouvé au bord du canal le soir de la mort de Georges. La thèse du meurtre était ainsi lancée.

Connaissant mes liens particuliers avec Toni, il s'était servi de moi pour lui faire passer des messages, sachant que je ne pourrais m'empêcher de lui répéter certaines choses.

Pour le reste, il avait agi sans se montrer, imitant l'écriture des uns et des autres pour les attirer dans l'une ou l'autre des usines abandonnées. Il avait ainsi glissé un billet signé Pogo dans la poche de Jean-Baptiste, lui donnant rendez-vous au château hanté le mercredi soir. Billet à détruire aussitôt lu, bien entendu, dans la bonne vieille tradition des romans d'espionnage.

Jean-Baptiste s'y était rendu mais il n'y avait trouvé personne. En revanche, il avait perdu l'équilibre sur une passerelle branlante que Jo avait achevé de fragiliser avant son arrivée. Il avait pensé que Jean-Baptiste se casserait une jambe ou un bras, qu'il en rendrait Pogo responsable et que la bagarre commencerait.

Après la chute, Jo avait jeté le couteau près du corps de Jean-Baptiste et il était allé appeler la police.

Malheureusement, le résultat avait dépassé ses attentes. Jean-Baptiste n'avait pas survécu. Jo s'était alors affolé, sans pour autant renoncer à poursuivre ce qu'il pensait être une œuvre de justice. Utilisant le même moyen que pour Jean-Baptiste, il avait attiré Pogo et Toni dans l'usine de la rue Pitt.

Le stratagème avait partiellement réussi puisque Pogo et Toni se tenaient mutuellement responsables de la mort de Jean-Baptiste, chacun étant convaincu que l'autre chercherait à le supprimer à son tour.

Mais les bricolages de Jo, qui est tout sauf un travailleur manuel, étaient trop mal ficelés. L'effondrement de la structure métallique destinée à blesser les membres du Trio avait eu lieu au mauvais moment et Jo avait été assommé par son propre piège avant d'avoir eu le temps de déposer le troisième couteau près de sa victime.

Toni, en revanche, persuadé d'avoir été agressé par Pogo, lui avait bel et bien flanqué un coup de barre de fer dans la figure. De ce point de vue, la machination de Jo avait fonctionné : les deux garçons étaient maintenant prêts à s'entretuer.

Le seul défaut dans toute cette machination montée par Jo avait été son ignorance de ce qu'il était advenu du manuscrit de son ami. Pour lui, le roman de Georges, dont il était le seul à connaître l'existence, était irrémédiablement perdu ou, au pire, personne ne lui accorderait la moindre importance. Qui lirait ce qui avait été griffonné à la main au dos de vieilles feuilles de cours ?

Une anodine rencontre avec Liviu avait tout révélé.

Jo est assis à côté de moi, sur ce banc, face au canal. Coudes sur les genoux, la tête entre les mains. Il a l'air résigné. À quoi ?

Pense-t-il que je vais maintenant aller le dénoncer ?

À vrai dire, je ne sais pas quoi faire. On dit qu'un criminel, pour être jugé et condamné, doit être responsable. De quoi Jo est-il responsable ? Il n'a pas voulu tuer Jean-Baptiste, je veux bien le croire. Les événements l'ont dépassé. Et qui suis-je pour le juger, d'ailleurs ?

Si on veut condamner Jo, il faudrait, par souci d'équité, que Pogo et Toni le soient eux aussi pour avoir conduit Georges à la mort, même si ce n'était pas délibéré de leur part. Dans cette affaire, c'est la bêtise qui est la vraie responsable. La bêtise, l'ignorance, la misère qui rend petits tous ceux qu'elle touche.

Je crois que je ne dirai rien. Je voudrais partir d'ici, c'est tout. Je vais simplement conseiller à Jo d'en faire autant. Cet endroit sent trop mauvais, désormais.

TABLE DES MATIÈRES

Les titres de la collection Atout

* Lecture facile   ** Lecture intermédiaire   *** Lecture difficile

Viens nous rejoindre
 /HpourHurtubise
 /editions_hurtubise

GARANT DES FORÊTS
INTACTES

Réimprimé en janvier 2019
sur les presses de Marquis-Gagné
Louiseville, Québec

Imprimé sur du papier québécois 100 % recyclé